U0073764

章

天才與凡人的差異

努力與才能要如何對等，這是一個永遠也不會結束討論的話題。

因為在同等努力的前提下，具有才能的傢伙能勝過凡人，這是不需要去質疑的事情，若非如此，怎麼能算是有才能的人呢？

實際上大家更多討論的，是凡人……或者說才能較為平庸的傢伙，應該付出多少的努力才能超越那些天才。

由於才能這種東西無法量化，並且同樣具有才能的人之間，也有資質高下的區別，於是在比較的時候，就會拿出某個領域中，優秀與平凡的例子來比較，尤其是在運動方面，因為運動員的才能非常重要，也是最容易能顯現出區別的群體。

在最頂尖的運動員當中，努力的程度已經無分上下，於是最後所體現出來的，就是才能的差距。

即使是在最頂尖的那一群中，閃爍著光芒的前幾名，與後面的競爭者們也會突然出現一道界限，無論是成績或者個人表現，就彷彿是在說明才能差距似的，與後頭的傢伙有著區別。

或許最能理解差距的就是望著背影的他們吧……

那麼，回到最開始的問題上，應該付出多少努力，才能超越那種並不怎麼努力的天才呢？

之所以突然冒出這樣的疑問，則是因為見識到了落敗者的表情。

自認為努力過的凡人，見識到超絕才能者的表演之後，所露出來的那種表情。

已經不是羨慕或者嫉妒或者不服或者失落，見識到超出太多的表現之後，剩下的就只有嘆服與崇拜了。

葛東所看見的就是這樣的表情。

第一章 天才運動員艾莉恩

寒假中，葛東的征服世界會順利解決了艾莉恩的危機，同時吸納了ＶＩＣＩ團後，在征服世界的道路上踏出了重要的一步。

葛東以前也不是沒有玩過戰略遊戲，只要有機會就去攻占其他勢力的領土，那麼自己就會逐漸變強……說起來是這樣。

實際上，組織擴張之後，麻煩的事情也相對變多了。先前人少時，可以同心協力的努力，彼此之間的配合度也很高，而這些都在吸收了ＶＩＣＩ團之後有所改變。

也是理所當然的吧，只不過對於他們之間複雜的人際關係，葛東處理起來相當頭大，而征服世界會另外兩位成員，也不擅長處理這樣的問題。

圖書館就不用說了，她是外星人，至今葛東也摸不清楚她是否有跟人類一樣的情緒反應，而艾莉恩……

雖然她在學校跟同學們的關係不錯，但也就僅止於關係不錯，要說班上的誰是艾莉恩的朋友，卻也找不出來……

扯遠了……總之，光是全新的人際關係，就讓葛東感到一陣焦頭爛額，特別是艾莉恩的真實身分這點，葛東猶豫了一陣子，最終還是向原ＶＩＣＩ團的成員們公開真相。

沒辦法，大叔跟陽曇都已經見識過艾莉恩非人的一面了，與其讓他們自己亂猜，倒不如明白的公布出來，也好表明征服世界會這邊是信任他們的。

得知真相的ＶＩＣＩ團眾人，只有友諒大為震驚，他是唯一沒有見過艾莉恩真面目的人，這又是一陣喧鬧，直到開學前才把這邊的事情暫且安排下去。

但是一開學，柢山完全中學的學生會事務，完全沒有給葛東喘口氣的空間，立刻就讓他開始忙碌起來。

※　※◆※　※

下學期一開始，擺到葛東面前的學校活動是運動會，對於柢山完全中學而言，這個每年一度的運動會算是重頭戲碼，因為這不只是他們學校的事情，而是一次多校聯合舉辦的運動會……確切來說，是四校聯合運動會。

雖然最初的歷史起因是由於場地難以尋找，使得鄰近的學校得在租借場地的順序上進行龍爭虎鬥，最後不知道是哪位校長提議乾脆聯合舉辦，這個原本只是權宜之計的提案，最後效果卻意外的好。

如果是自己學校的運動會，或許一部分學生會顯得意興闌珊，但如果是校際比賽，就很容易煽動起學生的熱情；再加上是四校聯合，拉高了競賽水準之餘，也讓這項運動會成為四校學生們的共同回憶。

時至今日，這個運動會已經成為這四所學校相當重要的一個活動了，因此葛東沒有適應新學期腳步的時間，立刻開始為了這件事情而忙碌起來。

當然，運動會的具體事務不是讓學生會來承辦，學生會主要的工作是負責各校間的彼此聯絡，有什麼學生們需要知道的變動，也是由學生會通知下去。

所謂的運動會，指的是各項田徑運動，像是撐竿跳或者鐵餅，這種難度比較高、一不小心就會弄傷自己的項目是沒有的，更多的是像跑步與拔河，以及接力賽等。

田徑規則當然輪不到學生會來變更，學生會真正得以討論的，是一位選手最多可以參加幾個項目這種細則。

會議的地點則是由四校輪流，今年剛好輪到柢山完全中學當作會議地點，所以葛東還得準備擔任會議主持一職。

※　※◆※　※

「我們希望，這次的比賽可以取消選手參賽限制，只要選手自己可以負擔，以及賽程上不會有所重疊，那麼就可以無限制的參與。」

在第一次的會議上，某所學校的學生會會長就提出了這樣的建議。

「取消參賽限制嗎？」葛東拿起手邊的文件，稍微翻找一下，發現過去的規定是一個學生只能參加兩項競賽。

就葛東自己的想法，他並無所謂參賽限制這種事，這也不是學生會能當場決定的事項，就是作為一個傳聲筒通知各自的學校。

這只是一個小插曲，葛東倒是在會議結束後的閒言閒語中，得知那所學校提出無限制參賽的理由。

因為他們今年招收了體育特長生，打算在這次的運動會中好好大出風頭一番。雖然這個運動會只有獎狀作為鼓勵，但能夠在別的學校面前取得勝利，對學生們來說是一件很值得炫耀的事情。

會議結束後，眾人各自把這個要求回報學校，經過一陣簡單的討論後，校方也是很無所謂的答應了，於是解除選手參賽數量限制的消息，就這麼經由學生會傳遞到各個班級去。

接著又是各項運動的選手選拔，有些團體比賽，比如拔河跟接力是以班級為單位參賽，剩下的個人賽就全憑自願，假如人數不夠，會再分配給各班一些具體項目讓他們出人參賽。

在葛東的二年二班，艾莉恩被推舉參加所有的項目，她身為一個完美資優生，除了功課以外，體育也是頂尖，就只是為了不要太超過而壓著沒有突破各項女子田徑紀錄。現在有這樣的比賽，自然全班都指望著她大出風頭了。

這種田徑運動會同時間會有很多項目在比，即使是解除了參賽限制，艾莉恩也不可能全部參加，稍微安排一下時間之後，她總共參加七項比賽。

至於葛東，在體力方面並不突出的他，就只能混在拔河跟趣味競賽之類的團體項目中了。

忙忙碌碌了幾個禮拜，沒有ＶＩＣＩ團的搗亂，事情都按照正常的路線在發展，另一個可能找麻煩的Ｊ部，正悶著頭自忙自的，一直沒有什麼動作。

如果Ｊ部可以這樣一直安分下去就好了……葛東不由得這麼想道。

※　※◆※　※

日曆一張張撕去，終於來到四校運動會的這天，由於有先前園遊會的經驗，葛東很擔心J部會趁機出手。

葛東跟艾莉恩都有許多任務在身，圖書館又是叫不動的，最後只能拜託陽曇去盯著J部。

陽曇倒是知道J部的事情　在友諒遭到綁架，連大叔都被拉去做救援，陽曇也有參與到的那次事件。因此儘管對征服世界會還沒有真心臣服，但這個命令她倒是沒有異議的接下了。

征服世界會做出了布置，但是到了運動會當天，卻發現葛東的擔心是多餘的，因為J部根本沒有出現在運動場上！

陽曇沒有找到目標，去問了紅鈴班上的學生，得知她感冒缺席……

怎麼想，都覺得非常的可疑，但是陽曇也沒辦法更進一步去調查，只能把結果通知友諒，要他轉告葛東。

要從友諒那邊多轉一手的原因，也沒有多大的理由，就只是因為陽曇不想向葛東報告而已。

這都是一些小事，收到通知的葛東也只能苦笑一陣子，問道：「你覺得她大概什麼時候才能削減一些敵意？」

「大概要很久吧……」友諒隨意往葛東身邊一坐，當運動會正式開始，學生會正顯得忙碌的時候，葛東這個會長反倒閒了下來。

該吩咐的、該布置的都已經安排下去，畢竟運動會也辦了好多年，所有的事務都有現成的流程可以執行，沒有需要學生會會長坐鎮指揮的事情……其實也輪不到學生會會長來指揮，那些事情都是教師們在做，學生會更多是在跑腿，去各班級提醒選手們比賽的時間。

「至少我現在發現當學生會會長的好處了，那種簡單的跑腿工作不會派到我身上。」葛東此時待在運動場邊搭起的帳篷下，擔任物資管理，說白了就是把瓶裝水放在桌子上，讓有需要的選手自己拿。

而友諒則被他以幫手的名義拉來，用意當然是方便討論一些只有他們知道的事情。

「這可是濫用職權……我是不怎麼在意啦。」友諒轉達情報之後，就鬆垮垮的望著前方發呆。

這個學期發生的事情也是讓他感到眼花撩亂，先是征服世界的路途中突然有了敵人，又出現Ｊ部這樣自稱的正義組織，還沒等他從被綁架的陰影中走出來，ＶＩＣＩ團這邊已經向葛東投降了……

說真的，情勢變化得太快，來不及追上啊……

「今天就放過我吧，這點小小的任性。」葛東也如同他那樣，放空著精神望向前方。

很快的，大會廣播中的某個句子引起了葛東的注意，現在比賽進行的項目是女子四百公尺賽跑，如果沒有記錯的話，艾莉恩是這個項目的選手之一。

四百公尺跑道所圍繞出來的操場很大，如果沒有概念，只要知道被跑道圍繞起來的面積能放下一塊足球場就可以了。

在這個距離上，隔著一整塊操場，想認出對面的學生並不是很容易做到，但艾莉恩與同樣參加四百公尺賽跑的女生站在一起，其身姿卻有著根本性的不同，所謂的鶴立雞群。任何柢山完全中學的學生看過去，都能立刻意識到，那是二年二班的班長艾莉恩。

艾莉恩就是具有如此拔群的存在感，那一頭烏黑的長髮紮起了馬尾，這是她體育課時的標準造型。女孩子真是奇妙的生物，把頭髮散開跟紮成馬尾的不同，就好像有了兩種面貌的區別。

葛東就這麼一直看著女孩們準備，直到起跑的槍聲響起，葛東才赫然意識到這是在比賽！

艾莉恩曾經提過，她在體能測驗的時候都有刻意保持著力度，不讓自己超過高中女生層級的紀錄。

但，被艾莉恩拿來當成限制的，是全國級的高中女子紀錄，放到這種連縣賽等級都不是的四校運動會，就顯得極為突出，光是起跑就已經拉開明顯的差距，隨後的加速更是一口氣甩開了所有人！

好快！

艾莉恩的身影一下子就來到另一半圈，簡單紮起來的馬尾極富韻律感的跳動著，葛東的眼珠一直追隨她，而艾莉恩恰好也往場邊望來……

視線在半空中碰撞，兩人卻都沒有收回去的意思，而艾莉恩繞過彎道，來到直線上時，她視線偏移的模樣就變得十分明顯，看臺上的觀眾們可以發覺艾莉恩所注視的方向不是賽道終點，而是旁邊那個工作人員的棚子。

那個棚子底下坐著的就是葛東。

至於友諒，雖然他就坐在葛東旁邊，但這一幕讓他覺得自己被什麼看不見的東西隔離了，明明是他坐在葛東旁邊，卻有一種艾莉恩距離葛東更近的感覺。

艾莉恩用著接近全國紀錄的速度奔跑，很快的從棚子前衝了過去，她也就恢復到望著前方的姿態，拉出與第二名極大的差距，率先衝過終點。

在後頭陸續抵達終點的女孩們臉上，因為差距過大而不見沮喪或失落，而是不由自主的流露出嘆服與崇拜的表情。

或許她們覺得這就是才能之壁吧，但葛東可以很明確的告訴她們並非如此，這是種族上的差異，就好像人類再怎麼鍛鍊也無法在短程賽跑中贏過狗，這並非是努力就有用的，這是生理機制所帶來的差異。

因為取消了選手參賽限制的緣故，艾莉恩才剛比完四百公尺賽跑，就立刻要去參加別的項目，而這些項目也毫無例外的以極大的差距獲勝！

如此出色的表現，加上美麗的樣貌與田徑短褲下所暴露出來的雙腿，艾莉恩一下子就成為賽場中最引人注目的亮點，光是在場邊準備下一次的比賽，就能聽見陣陣的相機快門聲。

艾莉恩絲毫不為所動，依然一絲不苟的做著準備，而她那專注的神情又引來了更多快門的喀嚓聲，為這次的運動會增添一分奇妙的風景。

運動會很順利的結束了，沒有J部出來搗亂，也沒有新的組織跳出來，沒有波瀾的就這麼結束了……

不，也不能說是完全沒有波瀾吧，在所有參賽項目中，取得逼近全國田徑紀錄成績的艾莉恩，受到前所未有的關注，甚至作為比賽最優秀選手發表了簡短感言，這下子她算是在柢山完全中學之外也建立起自己的名聲。

用艾莉恩自己的話來說就是，能夠更加輕易的接觸到其他學校的優秀學生，對於壯大征服世界會是個很不錯的進展。

「但出名的是妳而不是葛東，用這種方式接觸吸收進來的成員，要怎麼讓他們承認葛東才是組織的領導人呢？」

這是在運動會的補休日，征服世界會所召開的會議中，對於艾莉恩所提出來的收穫，陽曇以不同的角度進行了反駁。

「我會在邀請他們的時候就說明清楚……不過妳的顧慮很有道理，或許我應該跟會長一起行動？」艾莉恩對於人際關係的感受性比較弱，在陽曇提出來之前並沒有發現到這一點。

「只顧著低頭猛衝是不行的，就會忽略那些本應該注意到的東西……」陽曇可沒有

※　※◆※　※

就此收手的打算，披著開會的皮，恣意對艾莉恩做出攻訐。

葛東對這種情況既頭疼又無奈，自從吸收了ＶＩＣＩ團之後，她們一直是這種水火不容的感覺。

但是，陽曇並沒有胡攪蠻纏，她對艾莉恩發出的挑釁，都是以實際上發生的狀況為基礎。就好像剛才的發言，艾莉恩確實是忽略了新入人員的從屬問題，這才被陽曇借題發揮。

好不容易結束了會議……或者說結束了陽曇對艾莉恩的追擊，葛東看看別人沒有繼續要發言的意思，於是趕緊宣布會議結束。

但是會議結束之後並不是就此分開，葛東他們還要繼續留下來打工……

是的，他們開會的地方就在ＶＩＣＩ咖啡，原本是ＶＩＣＩ團專屬會議地點的員工休息室，在ＶＩＣＩ團被消滅之後，作為會議廳的用途倒是好好的保存下來。

正打算起身的葛東，被艾莉恩輕輕拉了一把袖子，於是重新坐下來。

「運動會結束之後，校長跟我說有校友想見我一面，建議我找信賴的人一起去，所以只能找你了……」

艾莉恩在設定上是沒有雙親的孩子，作為學校首屈一指的優秀學生，校長也聽說過她的狀況，因此建議中說的不是親人而是信賴的人。

「校友想見妳是怎麼回事？」葛東在此之前並不知道這個消息，同時對於那個想見艾莉恩的校友感到十分疑惑。

「嗯，因為我在運動會中的表現，被當時也在現場的那位校友看中了，打算找我拍一些形象廣告……好像可以拿到不少酬勞。」

隨著艾莉恩的說明，葛東的眉頭是越皺越深，等她告一段落之後才道：「既然是校長的介紹，對方應該不至於有什麼額外企圖，但是妳說的這些我也不懂，要找人一起去的話……」

葛東考慮了一圈自己的人際網，漸漸的一個人選浮現在他的腦海中，那個人正好是拜託他什麼也不會欠下人情的傢伙。

也不用特地打電話，葛東就只是起身走出員工休息室，來到ＶＩＣＩ咖啡的廚房，開口道：「那個，大叔，我想拜託你一件事……」

大叔作為一個中年人，自己開著店，對於生意場上的事情經驗豐富之外，外型又如此高大威猛，扮演陪同者的角色再適合不過。

「陪你們去倒是可以，但是你們說的那個形象廣告的東西我沒有接觸過，你們回去之後也稍微調查一下相關的消息，到時候我們先討論一下彼此的打算，然後再去跟對方見面。」

有了陪同者，接下來就是跟對方約定見面的時間。不得不說現代社會效率就是高，決定好人選立刻就能透過手機聯繫，由於種種原因，最後決定是禮拜六的上午，對方在ＶＩＣＩ咖啡開始營業之前直接到店裡來面談。

「週末嗎……」

葛東一想到要與成年人商談跟錢有關的事，就覺得壓力變得巨大起來。

第二章 葛東和艾莉恩的關係是……

一旦有事可做，時間就過得非常快，彷彿一眨眼間，日期就來到了週末。

※　　※◆※　　※

因為跟人約了見面，所以葛東和艾莉恩比平常早很多來到ＶＩＣＩ咖啡，而作為這間店的店主，大叔也提早到來，就在他們在店門口互相打著招呼的時候，一臺亮紅色的休旅車在車道上按響了喇叭。

三人回頭一看，只見休旅車搖下車窗，駕駛座上坐著一位陌生的女性，大約二十出頭，臉上戴著墨鏡，額前留著薄薄的瀏海，剩下的部分則盤在腦後，只是從車窗外的驚鴻一瞥，就給人一種既時髦又幹練的印象。

「不好意思，因為我有些心急就早到了，還沒到時間也不好意思催你們……」女人一邊開門下車一邊解釋，聲音在女性中顯得比較低沉，帶著一股令人願意聽她說下去的奇妙魅力。

「妳好，我是鮑勒，是這家店的店長，艾莉恩她在我這裡打工，這次的事情她拜託我幫忙把關。」大叔上前先自我介紹一番，久違的聽到了他的本名，搭配上他魁梧的體格，頗有保鏢一般的架式。

「你好，你們可以叫我維娜。」女人露出十分職業化的笑容，追加解釋道：「我們這一行多半會給自己取個比較好稱呼的名字，就像是藝名那樣……雖然我自己不是藝人就是了。」

自稱維娜的女性下了車，那一身幹練的女性職業套裝映入眼簾，從她搖下車窗與眾人搭話開始，葛東的表情就一直是兩眼睜大的驚訝狀態。

這是溝通不徹底造成的意外。因為是從校長那邊得來的消息，所以在葛東的想像中，那位「校友」的年紀跟平常見到的老師差不多，葛東自行模擬的對談也是在腦中塑造了那樣一個形象，結果到了現場卻見到一個比自己年長不了多少的大姐姐，劇烈的認知落差讓葛東難以把兩者連結起來。

「我聽說過你，是學校的英雄學生會會長，葛東吧？」維娜與大叔寒暄過後，隨即轉向了一旁猶在發愣的葛東。

「啊……是的，我就是葛東，妳好……」葛東恍然回神，握住了她伸出來的右手，那是比想像中要粗糙許多的手，似乎彰顯了眼前這位前輩的一部分經歷。

此時靠得近了，葛東也得以近距離打量對方，維娜並不是美人類型的女性，卻是顯得很耐看，臉上化著很適合職業女性的妝，舉止之間落落大方，不知不覺間就獲得了好感與信任。

一行人來到ＶＩＣＩ咖啡的員工休息室，自然而然的分成了兩邊，一邊是葛東等三人，另外一邊則是只有維娜一個。

「咖啡可以嗎？」大叔等客人坐下，很有此地主人風範的問道。

「請給我濃一點的，謝謝。」維娜略一打量了周圍，便把視線集中到對面兩人的身上，問道：「我有點好奇，你們兩個又是一起當學生會的會長、副會長，又是一起在這裡打工，你們彼此是什麼關係？」

「這個……」

葛東不由得往身邊望去一眼，卻見到艾莉恩絲毫不為所動的側臉，接著只聽她回答道：「我們是有共同目標的伙伴，一起打工也是為了同一個目標在努力。」

多麼正經又凜然的說法，葛東為自己腦中一瞬間冒出的奇思念想感到羞恥！

「這樣嗎……」維娜卻是沒有多問，只是點點頭，隨即又聊起了學校的事情。

維娜是柢山完全中學的校友，換句話說就是葛東他們好幾屆之前的學姐，跟這樣的人聊起學校，簡直就像是打開了一座秘聞的寶庫，像是學校過去辦過的活動，或者發生在某位老師身上的笑料，聽得葛東是津津有味。

大叔很快隨著咖啡香一起回到了休息室當中，手上還端著一個托盤，上頭擺著四杯咖啡。

「謝謝。」維娜向送上咖啡的大叔道了一聲謝，等他也坐下了，便開口說道：「那麼我們進入正題吧，我現在的工作是演藝經紀人，想請艾莉恩來拍一支廣告，這才冒昧請校長介紹認識，這是我的名片。」

艾莉恩接了過來，只見上頭用燙金字體印著「維娜工作室」的名頭，不過他們都沒有聽過這個名字。

至於維娜所說的拍廣告，他們倒是沒有太意外的感覺，因為之前校長已經就說過這件事了。

「所謂的廣告，可以介紹得仔細一些嗎？我們對這個都很陌生。」葛東深呼吸了一口，略帶著點緊張的與維娜展開交涉。

「我也正有這個意思。」維娜一點也沒有不耐煩的模樣，從包包中拿出一疊裝訂好的資料遞過去。

說是裝訂好的一疊資料，但實際上卻是把兩份不同的東西釘在一起，上面首先是維娜工作室的現狀，然後則是她打算找艾莉恩拍攝的那個廣告內容。

事關重大，葛東很仔細的一行行看過去，他發現這個維娜工作室成立的日期很短，確切而言……是半年前成立的，維娜並沒有要隱瞞這點的意思。

至於後面的廣告內容，則是一個運動飲料的廣告，對拍攝內容與服裝要求有大略的說明，並不是那種讓艾莉恩去賣弄美色的類型，葛東看著不由得有幾分放鬆，並且對維娜坦率的作風心生好感。

維娜沒有催促，只是慢慢喝著咖啡耐心等待，倒是葛東不其然感覺到一股視線，抬起頭來一張望，卻是艾莉恩已經放下資料，正盯著他的腦袋。

「妳有什麼想法？」葛東輕聲發問，另一端的維娜雖然看似沉著，那微微眨動的睫毛卻多少暴露了幾分心思。

「我認為這是一個很好的機會。」艾莉恩同樣輕聲回應，理所當然落入近在咫尺的維娜耳中。

不需要特地詢問，葛東也知道她的好機會是什麼意思。跟在ＶＩＣＩ咖啡打工領時薪比起來，一支廣告所能拿到的報酬多上許多，對於艾莉恩念念不忘的存錢買房計畫有很大幫助，可以大大提前她內心的時間表。

「你們覺得如何，有什麼需要補充的嗎？」維娜雖然試著隱藏自己的急躁，但她終究還沒到寵辱不驚的程度，加上又是事業的起步期，聽見艾莉恩那略有鬆動的口風，忍不住吐露了她的心聲。

「我有一個問題。」艾莉恩放下手中的資料，望著維娜發問道：「這是打算找我去拍一支廣告就結束，或是有讓我繼續發展的規劃？」

「這要看妳的意願，還有那支廣告的迴響，要是拍出來效果不好，那麼想走入這個行業會辛苦很多。」維娜說著又解釋了一些新人進入演藝圈時的不同情況，從這邊可以發現她是希望艾莉恩能夠持續發展的。

艾莉恩這個問題令她小小的振奮了一下，因為這表示艾莉恩有持續發展的打算，而不是只把這個提議當成一次撈外快的行為。

「我想要試試看。」艾莉恩側頭朝葛東投去一眼，隨即正視著維娜說道：「但是我不能保證會繼續走這條路。」

「沒有關係，能不能繼續下去也不是我們能說了算，我們能做的就是把起步做到最好，之後就能從容做出選擇。」維娜很滿意能這麼快得到好消息，她十分看好艾莉恩，亮眼的外型以及優秀的體力，交談時的聲音也很不錯，比那些光有臉蛋的劣質藝人有更深厚的潛力可挖掘。

既然雙方都確定了意向，那麼接下來要進行更加實質的談判，也就是簽定拍攝廣告的合約，這部分維娜倒是不急，將合約的樣本遞給艾莉恩，要她仔細研究一下再決定要不要簽。

「本來想帶妳去參觀一下練習室的，不過……」維娜抬起左腕看了一眼手錶，已經到ＶＩＣＩ咖啡將要開始營業的時間了。

「如果是明天的話，我們可以去那個練習室看一下嗎？」艾莉恩主動提出要參觀的要求，關係到未來的事情，還是親眼見證一下比較好。

「那就說定了，明天我們九點在學校門口見面？」維娜立刻約下時間，又交換了手機號碼，在ＶＩＣＩ咖啡開始準備工作之前匆匆忙忙的離開了。

「好像沒我什麼事嘛？」大叔從對話開始沉默到結束，沒有發表過意見，也沒有被徵詢到。

「確實呢……」葛東回想起剛才的場面，維娜的說明中沒有用上任何術語，就連他這個外行人都聽得明白，跟錢有關的事情暫時只給了一份合約樣本，也就是說到目前為止他們都還處於前期商量，並沒有實質的利益關係。

「那個人……維娜她不像是騙子，那份合約樣本我看過了，不是用來坑人的合約。」大叔說著揉了揉額頭，合約這種每字每句都要仔細研究的東西，讀起來非常費力。

維娜離開之後，ＶＩＣＩ咖啡又回到過去的軌跡上，整理店鋪、打掃環境，確認進貨數量等等……

艾莉恩絲毫不受影響一般的工作，反倒是葛東跟大叔頻頻注意她的動向，使得準時過來打工的陽曇，感受到今天的氣氛頗是不對勁。

陽曇並不打算詢問理由，反正肯定是艾莉恩的事情，她只是更加嚴厲的挑剔起工作，揮舞鞭子一般的把葛東拉回到工作中來。

散發著奇妙氣氛的一天就這麼過去，葛東在結束營業後對陽曇說起今天發生的事情，只得到一聲冷哼作為回應……

「艾莉恩想做什麼我不予置評！」

陽雲的態度十分冷漠，但葛東對此已有心理準備。

回家之後，考慮著諸多煩惱的葛東再次失眠，失眠的結果就是他提早一個小時來到學校門口。

※　※◆※　※

真是一點也不沉著，遇到一些事情立刻就失眠，之前某次也是……

本來葛東打算隨便找間早餐店等著，然而一輛眼熟的紅色休旅車卻改變了他的主意，看來沉不住氣的人不止有他一個而已。

葛東看到的自然就是維娜的車，雖然隔著車窗紙看不太清楚車裡的景象，卻可以察覺到她就坐在裡頭。

於是葛東走上前，輕輕的敲了敲車窗，然後招呼道：「維娜小姐，妳怎麼這麼早就到了？」

休旅車的車窗緩緩降下，維娜果然在裡頭，只見她抓著一個一點也不淑女的大型三明治，招呼著道：「哦，你也很早嘛！」

跟昨天初次見到的維娜比起來，眼前的維娜衣著稍顯紊亂，眼中略帶血絲，精神卻是十分旺盛，看起來就像是熬了一整晚的模樣。

再一看，她穿的還是昨天那一身套裝，就連那些小飾品都沒有變化。

「維娜小姐沒有休息嗎？」葛東好奇的問道。

「沒有時間休息呢，好不容易才有了起步的機會，不好好把握住就太奢侈了。」維娜毫不避諱他的視線大口咬著三明治，模模糊糊的透露出一些什麼。

葛東招呼完之後，彼此之間的對話就凝滯住了，他一向不是個很能跟陌生人聊天的傢伙，如果彼此都是同一個學校的學生，那多少還能找到一些話題，但年紀上的差距使葛東不知道該找些什麼話題才好。

「看你出現在這裡，就是說等會兒的參觀你也會去對吧？」維娜迅速的吃完早餐，又摸出一罐咖啡，一邊用指甲摳著拉環，一邊隨口問道。

「嗯，我也可以去吧？」葛東確認性的反問一句。

「倒不是說你可不可以去的問題……」維娜的動作放緩下來，轉頭注視著葛東，那雙睡眠不足帶著血絲的眼睛散發出刺人的光芒，開口道：「趁現在艾莉恩不在，我就再問一次，你跟艾莉恩是什麼關係？」

「我跟艾莉恩是有共同目標的同伴。」葛東下意識就把昨天的答案複述了一次，而這顯然不能滿足維娜的疑問。

「我想聽的不是這種籠統的回答呢……」維娜手指敲了敲方向盤，說道：「上來聊吧，讓你這樣站著也不好說話，我有不少事情想問你呢。」

葛東默默從另一邊上了副駕駛座，休旅車的座椅比想像中硬，淡淡的芳香劑氣味撲鼻而來，使他因為失眠而昏沉的腦袋稍微提振了幾分精神。

「在這裡可以放心的說了，我想要依靠艾莉恩闖出名號，所以她身邊比較親近的人，特別是異性，我會想要知道你們之間的關係。」維娜在駕駛座上半轉過身，十分嚴肅的盯著他。

嚴肅的表情，加上帶著血絲的眼睛，這兩者的交互作用增幅了她的魄力，只不過葛東已經經歷過許多危機，因此維娜的威嚇沒有起到作用，反而是讓他明白了維娜究竟在意些什麼。

「我們並不是在交往的關係，我們有點類似一起搞社團那樣，有共同的目標，以後也會有不少時間在一起相處，這會對妳的工作有影響嗎？」葛東心懷坦蕩的如此回答。

「沒有在交往？」維娜盯著他好一會兒，像是在分辨那段話的真實性，但很快的敗下陣來，說道：「我聽說你們常常一起出雙入對行動，還以為你們是在偷偷的交往，結果竟然不是嗎？」

「不是的……」葛東聳聳肩，這也是學校裡漸漸在流傳的謠言。

「其實你們就算真的在交往也沒有關係，我只是希望你們不要隱瞞，那樣我處理緋聞消息時會很被動。」維娜其實也覺得他們不是那種關係，不過他們兩個很明顯比朋友要親密許多，這才有所懷疑。

「真是……非常遺憾。」

葛東也跟著嘆了口氣，而他這樣的反應使得維娜笑了出來，拍著他肩膀道：「還沒吃早餐吧，學姐請你，要吃什麼就大方說吧！」

雖然好像被誤會了什麼，但是葛東並不想分辯……

就這樣，艾莉恩即將抵達學校門口的時候，接到葛東的電話，通知她見面的地點改在學校大門斜角處的早餐店，她在那邊見到了相談甚歡的葛東與維娜。

雖然不知道他們是怎麼混到一起，並且相處得這麼融洽，但艾莉恩是很樂見葛東與任何人打好關係的，因為那樣他們潛在的伙伴又會增加了。

……既然已經把ＶＩＣＩ咖啡的店長收入旗下，那麼增加一個能在另一個領域找到收入的伙伴也挺不錯的！

※　※◆※　※

維娜的工作室在郊區，聽她說是因為租金的緣故，她暫時的目標就是把工作室搬到市中心去，不過現在看起來目標稍微有些遙遠，不知道什麼時候才能實現。

所謂的工作室，是包含了維娜本身的辦公室、一個多功能練習室的大空間，以及許多葛東認識與不認識的器材。由於這個工作室才成立不到半年，還沒有拿得出手的實績，所以牆壁上還顯得空蕩蕩的沒有任何裝飾。

「就是這裡，艾莉恩如果決定簽約，就會在這邊接受初步的演技培訓，不過那個廣告最需要的是體力，以我見識過的情況來看，很容易就能達到要求。」維娜介紹一番之後，問道：「艾莉恩要不要試試看這裡的練習，現在提供免費課程喔～」

「我也想試試看，可是……」艾莉恩為難的看了自己一眼，她今天穿的是制服，並不適合做激烈的運動。

「衣服的話，先穿我的吧，我們兩個身高差不多，運動服沒有那麼束身應該沒關係。」維娜興致勃勃的找出留在這邊的運動服，仔細一看還是柢山完全中學那一身，給艾莉恩穿上毫無違和感。

維娜也去換了衣服，又是另外一套學校運動服，等她們換好，就開始進行練習，維娜拿出CD塞到播放機裡，一首熱烈的舞曲就這麼開始播放。

「跟著我的動作跳，試著跟上來！」維娜說著就開始擺動她的肢體，一陣極強的躍動感在她身上爆發開來！

那肯定是經過了苦練才得到的舞技，就算是門外漢的葛東也能看出這一點，要是沒有經驗的人光看都跟不上，別說還要手腳追上了……

但她選擇的對象是艾莉恩，自承善於模仿的艾莉恩，由於是首次見到的動作，必須使用眼睛觀察而使得上半身動作略有不協調，可是在與此無關的部分都做到了完美！

維娜動作沒停，臉上卻已經露出了吃驚的表情，她瞪大眼睛，彷彿不敢相信自己看到的一切。她選的這首舞曲、跳的這支舞，在舞蹈的領域算得上是相當困難的，她是打算用專業性來說服艾莉恩，卻沒想到對方能跟得上她的節奏！

熬夜雖然會讓人精神亢奮，但體力消耗卻是會增加，一支舞曲沒有跳完，維娜雙手撐腰暫停下來，氣息急促的問道：「妳練過跳舞？」

艾莉恩不明所以的跟著停下，老實回答道：「沒有，這是第一次跳。」

維娜的臉上一瞬間冒出不敢置信的神色，隨即被湧上的狂喜淹沒，匆忙道：「那我們接下來試試唱歌！」

艾莉恩光是唱歌前的試音就讓維娜驚喜不已，她的音域非常廣，高音可以拉到世界級歌手的程度，在那樣的高度上還可以清晰唱出歌詞，維娜現在確信自己真的撿到了一個寶貝！

「如果妳願意進入演藝圈，一定可以成為最閃亮的明星……不，世界級的明星，製作人會為了邀請妳上節目而打破頭的！」維娜眼中散發著狂熱，沒想到只是回去參觀母校的運動會，竟然能挖掘到這樣的天才！

「這樣嗎？」艾莉恩對學校外頭的事都是一知半解，她沒有明白那代表些什麼。

維娜的興奮持續了一小段時間，等她冷靜下來之後，看向艾莉恩的目光已經完全不同了，原本她只是覺得艾莉恩很有潛力，認真培養有很大可能可以成為明星，現在則是一定可以成為巨星　只要她能簽下那份合約！

任何人都能看出維娜熊熊燃燒的熱情，不過艾莉恩沒有立刻回覆她，只是望向了從剛才就自己找個地方席地而坐的葛東。

雖然她看起來像在尋求葛東的意見，可是葛東能看出來，艾莉恩已經心動了。

有艾莉恩的意向，加上葛東全程把維娜的行為看在眼中，內心已經有八、九成相信她了，於是便輕輕的點點頭，算作是同意的意思。

「那麼，等我們回去確認過合約沒有問題，就可以簽了。」艾莉恩回過頭，露出了微笑。

第三章
成為廣告明星的艾莉恩

維娜給的合約沒什麼大問題，就是常見的定型化契約，而且內容也只跟即將要拍攝的廣告有關，所以艾莉恩沒有研究太久就簽上了名字。

廣告拍攝的時間很緊，就在三天後。

而在維娜帶著艾莉恩去跟業主見面，以及討論拍攝細節的這些行程，葛東出於擔心全程陪同，為此不得不向ＶＩＣＩ咖啡請假了。

與業主見面的過程沒什麼特別值得提的，維娜十分熟練的準備好一切，業主跟艾莉恩的見面，更多只是一種閒聊而已，並沒有發生傳說中的潛規則之類的事情。

※　※◆※　※

三天時間一晃而過，對維娜而言，三天的練習不足以讓一個新手上場拍攝，可是她沒有時間了，雖然面對葛東他們的時候表現得自信滿滿，但實際上她是在沒有人選的情況下，空口說白話的接下了這支廣告，之所以會去看柢山完全中學的運動會，也是想在運動場上找一個外型過得去的女生來拍廣告，因為她有校友這層身分，所以找起人來會簡單很多。

成功的話，她的事業就順利邁出第一步；要是失敗，她的名聲就完蛋了，想重新起步不知道是多遙遠以後的事情。

遇到艾莉恩完全是運氣，而維娜為了把握這份運氣，裝出了若無其事的專業模樣，在見識到她的「天分」之後略微失態了。

現在拍攝已經正式開始，維娜再擔心也只能等在一旁，跟葛東並肩站在一起。

「我說你，要不要跟我學一點經紀人的東西？」維娜這幾天跟葛東一起跑來跑去，倒是感覺到有個助手十分方便，而且艾莉恩非常信任葛東，也許把他帶在身邊能多一層保障。

「經紀人？」葛東沒來由的聽她這麼問，只有一頭霧水的感覺。

「是啊，艾莉恩拍完這個廣告就算是正式出道了，而我也會盡力去幫她爭取更多工作，或許不能時時刻刻都照顧好她，有一個信得過的人跟著也比較放心。」維娜望著那聚光燈下的身影，十分誠懇的說道。

「我們似乎只簽了這個廣告的合約，沒有說一定要繼續下去？」葛東露出疑惑的表情，他也讀過那份合約，因為是第一次接觸這種東西，所以他看得很仔細，現在還能記得其中大半的句子。

維娜微微一笑，指了指攝影棚的中心，略帶亢奮的說道：「你看她的表現，一點也不怯場，我們才來這裡多久，就已經要完成廣告的拍攝了，要知道她是第一次踏入攝影棚，將這份光芒埋沒簡直是犯罪行為！」

葛東認真的考慮起來，他沒有料到陪艾莉恩來拍廣告，居然會遇上自己未來的發展選擇，葛東這幾天下來多少也看到一個經紀人的工作內容，那不是半工半讀可以做好的工作。

當維娜這麼問的時候，葛東下意識的就想答應，因為這表示他會繼續跟艾莉恩綁在一起，但是……

近來艾莉恩很令人不安，之前照片暴露事件的時候，她顯露出與過去截然不同的狂躁，雖然最後還是和平收場了，卻彷彿在彰示著情況的惡化……

對，惡化，葛東使用了這個詞，像是征服世界、外星種族什麼的，儘管匪夷所思，終究是一個能理解的東西，不像艾莉恩所展現出來的攻擊衝動，那種連她自己也說不清楚的情緒。

「我再考慮看看……」葛東含糊其辭的應付著。

「沒關係，這個比較不急，你回去跟家人商量一下再決定。」維娜全副心思都放在廣告拍攝上，沒有注意到葛東小小的不對勁。

艾莉恩的模仿能力很強，換句話說就是別人教她的東西立刻就能學會，廣告拍攝以極為順利的方式結束了，只花了小半天左右就完成很出乎意料，因為新人不熟悉拍攝，可能會出現很多需要糾正的地方，而艾莉恩只要在拍攝之前說明清楚，就能避免那些狀況的發生。

再加上，運動飲料的廣告更多是展現大量運動後暢飲的模樣，身體動作更多，而這是艾莉恩的強項，傑出的俐落動作使得拍攝效果出乎意料的好！

「那麼，這就結束了！」

隨著導演一聲令下，攝影棚中的眾人都鼓起掌來，能這麼順利完成一件工作是十分令人開心的。

向工作人員打了招呼後，艾莉恩就來到維娜他們身邊，先前已經說過要拍的是運動飲料的廣告，所以她紮著馬尾，身穿一件貼身的運動背心，以及鮮紅色的田徑短褲，修長的雙腿完全暴露出來。

不知道是否化了妝的關係，或者是工作人員那彷彿留有餘音的掌聲，又或者是攝影棚裡那明亮的聚光燈，葛東覺得迎面走來的艾莉恩似乎帶著幾分陌生，彷彿身體輪廓周圍在散發著光芒，不過那種感覺在艾莉恩拍向他肩膀的時候就完全消失了。

「辛苦了，先去換衣服吧，不要感冒了。」

維娜抓起浴巾走上前去，就向對待珍貴的寶物那樣擦著艾莉恩不見汗水的頭髮，帶艾莉恩往更衣室走去，留下怔怔的葛東若有所思。

不一會兒，艾莉恩跟維娜有說有笑的回來了，維娜拉著他們兩個，說明道：「廣告還需要一些後製，不需要補拍的話，大概一個禮拜後就能拿到成品，接著兩、三天後就能在電視上看到了。」

「不到一個月就能看到了嗎？好快吶……」葛東對這樣的效率稍感驚訝，他本來以為這類東西的製作週期很長的呢！

※　　※◆※　　※

結束了第一次的工作，他們跟維娜暫時沒有關係了，至於酬勞，合約上寫的是拍攝結束後一個月內要結清，如果不算上事前的訓練，這樣一天下來的薪水換算成時薪頗為划算，比在ＶＩＣＩ咖啡打工要有效率得多！

拍一個廣告要從早上四、五點的時候就開始準備，就算艾莉恩學習能力驚人，完成的時候也快要天黑了，於是維娜帶著他們去吃了晚飯，然後分別把他們送到家門口。

關於廣告的事情暫且告一段落……本來以為會是這樣的，但艾莉恩才剛拍完廣告，立刻就接到了新的請託。

「招生海報？」中午吃飯的時候，葛東有些意外的從艾莉恩口中聽到這個消息。

「嗯，學務主任跟我說的，我已經答應了，所以禮拜四放學之後要留下來一會兒，如果沒完成的話，禮拜五也要留下來。」

艾莉恩讓學校拍招生海報，自然也是有酬勞可領的，雖然比正式的模特兒要少很多，卻是打工所不能比擬的數字。

「所以ＶＩＣＩ咖啡那邊又要請假了嗎？」葛東問了詳情，這份工作更加令人放心，畢竟是學校提供的。

「嗯，今天我去店裡的時候會跟大叔說的。」艾莉恩說到這裡停頓了一下，接著發問道：「你覺得我們要不要把這份工作的事情，跟維娜通知一聲？」

「通知維娜，為什麼？」葛東不解的反問道。

「畢竟是相關的工作，也是因為拍了那個廣告才有的，我想通知她一下比較好。」艾莉恩給出了理由。

「妳……」葛東帶著一絲遲疑的問道：「打算往那個方向發展嗎？」

「嗯，賺錢的速度比打工快很多，為什麼一開始沒有想到呢？」艾莉恩給予了肯定的答覆，還點著自己的額頭，好像忽視了這麼顯而易見的方法一般。

「之前就算想到了，也不是那麼容易就能進入的行業吧……」

葛東只能這麼安撫她，從這個方向看起來，她跟維娜兩人算得上是唇齒相依，維娜需要艾莉恩來幫助自己的事業，而艾莉恩也需要維娜帶領她進入這一行。

想通這層關係，葛東也就不反對她通知維娜，只聽她透過手機跟維娜溝通著……好像花費的時間比想像中久啊？

「維娜剛剛問我，如果還有演藝工作要不要接受，我答應了。」好不容易等她們講完，艾莉恩回過頭來就是這麼一句。

「妳說什……唔、咳咳！」葛東聞言，一口飯差點吃進氣管裡，猛烈的咳嗽起來！

「葛東！」艾莉恩又是拍背、又是遞水的忙活了好一陣子才讓他平息下來。

當然，他們也引起了同班同學的注意，特別是男生們的眼中都散發著危險的光芒。

「好突然啊……」恢復過來的葛東只剩下這樣的感想。

葛東並不是驚訝於她會答應，而是驚訝於她這麼快就答應，艾莉恩同意繼續下去是能預料得到的，若是能順利踏入那個圈子，並且有所作為，賺錢的速度會比打工快上很多，對她腦中一直盤算的征服世界計畫有巨大的幫助！

艾莉恩順利購入某個老房子當產房的景象似乎已可預見，葛東內心有所擔憂，卻不覺得事情具有緊迫性，他想跟圖書館商量一下，於是在放學之後，葛東來到了圖書館，把艾莉恩想進軍演藝圈的事情跟那個眼鏡學妹說明了一番。

※　※◆※　※

「就算跟我說這個也……」

圖書館依舊坐在櫃檯處，對他的疑問露出了迷惑的模樣，即使她跟著艾莉恩一起來到地球，待上了同樣長的年頭，但因為審美觀的問題她很少會去看電視，對演藝圈就更加陌生了。

「我想問的是，如果讓艾莉恩得到了心目中理想的產房，還有辦法阻止她嗎？」葛東帶著沉重的心情如此詢問。

「我們觀察到的時候已經是無法收拾的狀態了，像這樣從幼體開始觀察反而是未曾有過的經驗。」

圖書館一邊回答著，手上一邊在做圖書館委員的工作。

在這裡沒有得到答案，葛東的煩惱更加深了許多，他苦惱半天沒有一個結論，為了轉移自己的注意力，隨口問道：「我記得妳有固定收集學校的情報吧，J部那邊有什麼動靜嗎？」

「沒有，她們非常安分，一到放學時間就立刻離開學校，表面上看起來似乎已經放棄地底下的基地了。」圖書館沒有令人失望，自從J部的事情以後，她有意識的加強了學校內部的觀測網。

「表面上？」葛東察覺到了句子中的關鍵字眼。

「嗯，儘管沒有直接證據，但學校底下的基地依然在被使用的機率很高。」圖書館指了指腳底下，那個被發現的巨大基地並沒有被摧毀掉。

「從這個角度看，艾莉恩成為了公眾人物說不定比較安全……」葛東想起過去遭遇到的危險，不由得發出了如此感慨。

艾莉恩在街上所受到的回頭率是很高的，但那只能算是見到美少女的驚豔，若她是個曾經在電視上出現過的人，受到矚目的等級就會有所不同。

如此一來，不管是艾莉恩要有所行動，或者又出現其他潛藏的組織要對她不利，都會變得比較困難。

「要是所有的發展都能如意就不是人生了呢……」葛東想著想著，突然冒出了老頭一般的感想。

「葛東學長，你需要注意的不僅僅是一個J部，還要要將眼光放到學校以外的地方才行。」圖書館也跟著說起了開導別人的臺詞。

葛東看著圖書館那表情細微的臉忍不住笑了，拍了拍自己的大腿，起身道：「好吧，感謝房價，至少這個讓艾莉恩沒那麼容易存到需要的金額……」

一時想不到對策，葛東也只能暫且放下這件事，回歸到日常生活中。

艾莉恩那天說要聯絡維娜，聯絡是聯絡了，卻好像沒有額外的發展，拍完招生海報後，他們又恢復到上完課就去打工的安排。

※　※◆※　※

過了幾天，從維娜那邊傳來消息，廣告的片子已經出來了，明天開始就會出現在電視上。

葛東完全忽略了名人效應，特別是艾莉恩這種本來就在學校頗有人氣的學生，不少人都對她的樣貌極有印象，等到廣告播出，簡直像是要把過去累積下來的東西一口氣引爆似的！

艾莉恩一夕之間變成整個學校都在談論的名字，原本就十分受歡迎的她，更是受到女生們的包圍，嘰嘰喳喳的都在問著上電視的事情。

男生並非不想問，只是擠不進圈子裡，就在女生圈子外邊又圍了一個更大的圈，一個個都豎著耳朵聽內圈傳來的對話。

「竟然會如此熱烈……」葛東坐在自己的位置上，有些難以理解的望著吵鬧不休的眾人。

「理所當然的吧，只有你這種成天跟人家混在一起的才不明白，艾莉恩可是很多男生心目中的偶像呢！」

友諒以一種鬆垮垮的坐姿癱在葛東面前，他很能理解那群人的心理。

聽他這麼說，葛東不由得想起曾經的自己，那時他也是將艾莉恩視為高不可攀的對象，直到那份作文改變了命運……

這份吵鬧經過一整天也沒有安靜下來，放學後艾莉恩更是被圍得水泄不通，彷彿她已經成為家喻戶曉的大明星一般，還有人已經開始要起艾莉恩的簽名，直到葛東去找來老師幫忙，才讓情況受到控制。

從人群中掙扎出來的艾莉恩，那一絲不苟的髮型難得出現幾分紊亂，她一邊梳理起自身的模樣，一邊十分不解的問道：「葛東，我不明白，只不過是在廣告中看到我而已，為什麼大家就變得這麼激動？」

「我也不太清楚……」葛東比較少看電視，不太能理解追星族的思考模式。

為了逃脫學生們的包圍，他們在老師的幫助下離開學校。平時的艾莉恩會留下來幫教師們的忙，而葛東則是會在這段時間裡到處晃晃，像是去找圖書館說些話啦、跟友諒一起浪費時間之類的……

現在他們提早離開，一時之間不知道接下來該做什麼才好，去ＶＩＣＩ咖啡打工顯得太早，卻又沒有足夠給他們繞去哪裡逛逛的時間。

就在他們有些不知所措的時候，艾莉恩的手機突然響了，拿起來一看，發現是維娜的號碼。

「喂？嗯，我們在學校門口旁邊……好，我們一會兒就到。」艾莉恩掛斷電話之後轉頭道：「維娜說她在前面那間店等我們。」

所謂前面那間店，是學校附近常見的冰點鋪，從校門口過去不過幾步路而已，在這暮夏初秋的季節依然是很受歡迎的地方。

但是今天店裡沒什麼人，一進店裡就見到維娜獨自占據了一張桌子。

自從拍完廣告之後，他們就沒有再見到維娜的面，雖然只是短短的幾天，卻能感覺到她有所不同了，雖然還是一樣的裝扮，但顯得容光煥發、神采奕奕，很好的詮釋了什麼叫人逢喜事精神爽。

「本來還想問問情況的，現在看起來似乎不需要了。」

維娜一見到他們就忍不住笑了起來，若說葛東服裝不整也就罷了，但就連一直都是整整齊齊的艾莉恩也是如此！

見過了好幾次面，葛東也不把她當成外人了，直接坐到她面前，問道：「妳已經預料到了嗎？這種情況？」

「不可能不預料到吧，不過我只是覺得艾莉恩應該會受到很大的矚目，但是弄到這麼狼狽，可以想像得到平常她與大家相處得很好。」維娜招手讓艾莉恩也坐下來，帶著笑意問她道：「受歡迎的感覺如何？」

「我不是很明白為什麼大家的態度突然不一樣了，明明我並沒有變化……」

艾莉恩將先前問過葛東的問題拿到這裡來，維娜臉上的笑容不其然的一僵，隨即又融化開來，說道：「並不是他們不一樣了，而是妳不一樣了。」

「怎麼不一樣了呢？」艾莉恩內心充滿迷惑，應該不是自己模仿人類的方式出了問題才對……

「我們對其他人的評價，會隨著對方的所作所為而變動，妳也不是一開始就那麼受到愛戴的吧？」

「說的也是呢……那麼以後他們也依然會這麼熱情嗎？」

「那個妳以後會有更深的體會，我今天過來是想問妳，有沒有繼續發展下去的意思？」維娜不打算在那種內心話題上糾纏，直接了當的問起工作的事情。

「有，這類的工作報酬很高，我很樂意。」艾莉恩爽快的答應了，維娜放在桌面下的雙手不由得振奮的緊握起來！

「那麼就歡迎妳成為『維娜工作室』的第一個簽約者！」

維娜起身，向艾莉恩伸出右手，而她也回應了維娜，兩人的手互相握了一下，意味著她們已經是生意上的夥伴。

葛東此時腦中可沒有什麼「歷史從此開始轉動」的想法，只是煩惱自己要不要真的跟維娜學習怎麼當一個經紀人。

第四章

超級偶像艾莉恩

與艾莉恩簽約之後，維娜立刻開始著手工作，因為艾莉恩的起步是那支廣告，所以維娜暫且將艾莉恩定義為廣告模特兒，而她出色的外型也可以勝任這個定義，所以維娜在稍微跑了一些地方之後，就接來不少相同拍攝類型的工作。

同時，那支運動飲料的廣告迴響甚好，原本的廠商打算找她再拍一支，如此一來，從平面到立體這個最困難的關卡就跨了過去！

接著維娜又給艾莉恩爭取到上節目的機會，還找人給艾莉恩寫了兩首歌，讓她在節目上秀一下歌藝，果然那嗓音大受好評，馬上就有音樂公司找上門來，願意提供她出唱片的機會。

短短時間內又是上電視又是準備出唱片，那種需要身體能力的綜藝節目更是讓艾莉恩大放異彩，艾莉恩的人氣穩定提升中，一切看起來都十分順利，順利得讓維娜都覺得自己在做夢，每天都要確認一下辦公桌裡的合約，才能保證確有其事的真實感。

而艾莉恩的人氣如火箭一般直衝也是有代價的，首先ＶＩＣＩ咖啡的打工自然沒有時間做了，於是乾脆辭去這份打工，失去看板娘之一的ＶＩＣＩ咖啡生意受到些許打擊，不過艾莉恩幫大叔爭取到在店裡使用她照片的權利。

艾莉恩穿著ＶＩＣＩ咖啡女侍制服的大張照片掛在店裡，生意暫時不見有所影響，倒是陽曇的心情確確實實的受到影響，根據友諒的訴苦，陽曇變得暴躁易怒，雖然不會在店裡爆發出來，但下班以後，作為友人的他吃了不少苦頭。

另一個代價，就是艾莉恩上學的時間變得不固定了，以往可以說是標準模範生的她，為了配合工作不得不時常請假，在學校中見到她的次數越來越少。

……不只是學校，就連征服世界會的集會，她趕來參加的次數也迅速降低，每當這種時候，主要任務是監視的圖書館也不會出席，於是葛東就一個人面對曾經的ＶＩＣＩ團成員。

有好幾次，葛東看到陽曇眼中閃爍著危險的光芒，然後手肘在桌面下用力敲著大叔，葛東在主位上把這些小動作看得一清二楚，要是大叔當場揭竿起義，葛東是毫無抵抗之力的。

但是，大叔每次都無視了陽曇的小動作，征服世界的會議在奇妙的氣氛中維持下去，其成效可想而知……

※　※◆※　※

「葛東啊，艾莉恩該不會就這麼退出了吧？」

在又一次效益低落的作戰會議後，友諒在大家散會之後拉住葛東，向他表達出自己的擔心。

「不會的。」葛東十分肯定的做出答覆，但是仔細想想之後，不得不放鬆了幾分語氣說道：「就算她放棄了這邊的聚會，也一定不會放棄征服世界的。」

友諒跟葛東並肩走著。禮拜五的晚上，打工結束之後又開了征服世界的會議，時間逼近了午夜，但街上卻一點也不冷清，反而因為週末的來臨而更顯熱鬧。

走著走著，友諒突然開口說道：「如果她放棄這邊，感覺很寂寞啊……」

「我以為你是圖書館那邊的？」葛東疑惑的望向友人。

「不是那個意思啦！」友諒搔了搔他半年來長了不少的頭髮，說道：「ＶＩＣＩ團成立其實有一段時間了，在你們沒出現前，平常討論的感覺跟今天差不多，頂多氣氛好一點，直到你們出現之後，有了一個對手，征服世界的會議討論才變得熱鬧起來。」

從友諒口中得知了ＶＩＣＩ團的過去，這稍微令葛東輕鬆了一些，但是他的煩惱並沒有因此消失。

而比煩惱更加糟心的，就是摸不清楚自己在煩惱什麼，葛東腦子轉了半天，卻只能乾巴巴的問道：「友諒，你認為征服世界是可能的嗎？」

「見到艾莉恩那個姿態之前，我覺得是不可能的。」

友諒突然慢下腳步，葛東又跨出兩步之後才停下來，回頭望向落後一個身位的友諒，接著問道：「意思是你現在覺得可能了？」

「嗯，畢竟連……艾莉恩那樣的都出現了，感覺可能與不可能之間的界線已經變得模糊了。」

友諒臉上拉出一個苦澀的笑容。那可是艾莉恩，從一年級開始就表現出優秀成分的班長。

深吸了一口氣，友諒又開口說道：「對了，有另外一件事，你之前讓陽壘打探Ｊ部的動向，她發現一些不確定算不算是線索的東西，所以讓我來跟你說明一下。」

「我讓她打探Ｊ部的動向？」

葛東小小一愣，被這麼一提醒，似乎真的有講過，但那是在運動會的時候，葛東事後就忘了，也沒去取消命令，難道她就這麼一直在執行嗎？

「你居然忘記了，人家可是很一根筋的……算了，我去跟她說吧。」友諒無奈的拍了拍腦袋，接著說道：「至於她發現的東西，Ｊ部，就是紅鈴她們，跟一些陌生的黑西裝男子見了面，雖然不清楚談了什麼，但看他們的樣子不像是認識的人，紅鈴還從對方手中接過一個很厚實的牛皮紙袋。」

「唔，這麼曖昧不明……」

葛東無法根據如此稀少的情報做出判斷，要說可疑確實是可疑，但能夠想到的解釋也很多。

「總之是告訴你了，沒有要讓她繼續追查的話，我就告訴她任務終止囉？」友諒比他更不想摻和征服世界這檔事，完全是被朋友拖下水的。

「我知道了，就讓她停下來吧，忘記那些是我的不好。」

葛東嘆了口氣，J部從那一次的遭遇之後都顯得十分安分，忍不住讓人懷疑她們是否無法修復那臺機器人。

或者乾脆就是沒錢修了，畢竟學校地下的工程量，加上各種設施怎麼看都很花錢，不像是兩個高中女生能付得起的，雖然不知道她們兩個的家境如何，但就算是再怎麼有錢也不會隨便讓這個年紀的孩子輕易花掉數百上千萬吧？

「你啊，不要總是把煩惱憋在心裡，有什麼問題可以跟我討論……或許討論不出有用的建議，不過我可以聽你抱怨，至少抱怨完心情會好一點吧！」友諒見他臉色陰沉，腦中念頭不由自主衝口而出。

葛東聞言一呆，隨即一股熱流從胸口慢慢擴散開來，感動之餘又有些自我埋怨，居然明顯到被朋友擔心的程度！

「並不是出了什麼煩心的問題，而是我自己。」葛東只出現了剎那的猶豫，便決定回應友諒的擔心，說道：「看到艾莉恩那樣往目標一直線前進，我感覺自己也該做些什麼，卻不知道要從哪裡開始著手才好……」

怎料，友諒聽了之後卻垮下肩膀，有氣無力的說道：「什麼啊，就這樣？」

「我鼓起勇氣才說出來的，你居然說就這樣？」葛東大感遭到了背叛，眼睛都瞪了起來。

「因為看你消沉了很久才忍不住問你的，結果是你在自尋煩惱，這樣害我很脫力啊！」友諒不假辭色的瞪了回去，攤手道：「當你迷惑著接下來要做什麼之前，先把你現在正在做的事情做好，這樣自然就會知道未來的方向了！」

葛東本來都做好大吵一架的準備了，卻沒想過會得到這般言論，吃驚之餘開口問道：「為什麼你突然變得好像人生達人一般，你是被外星人抓去改造過了嗎？」

「只是照搬的而已，道理雖然會說，我自己是沒有做到過。」友諒將手插入褲袋，半轉過身道：「我也該回家了，還有什麼煩惱隨時可以找我聊～」

看著友諒漸漸遠去的背影，葛東把感謝的語句留在心裡，既然友諒都在意得關心起自己來，那麼他的家人應該更早就注意到這件事了，這麼說來，最近的布丁都沒有被妹妹偷吃呢……

原本以為是她最近比較守規矩了，現在看來似乎是另一種關心模式啊……

被朋友同情之後，竟然是被妹妹同情，葛東深感羞愧，於是下定決心，從明天開始要好好振作，不能繼續這麼迷茫下去了！

※　※◆※　※

隔天，立志振作的葛東打起精神，不過禮拜六是在ＶＩＣＩ咖啡上全天班的日子，在陽曇不友好的對待下，葛東的努力沒有收到回報……

在還差幾分鐘就要關門的時候，ＶＩＣＩ咖啡的掛門鈴鐺響了起來，這時在門口附近的是葛東，這個時間他本想婉拒這位客人的，但是等他一回頭，拒絕對方的念頭瞬間消失了。

進來的人是個年輕的女孩，頭上戴著寬鬆的女式八角帽與大墨鏡，往下是一身簡潔的秋裝，白色的修身短袖襯衫，搭配亮灰色長褲，外頭罩著一件眼熟的紅底帶黑直條紋長襯衫……

雖然幾乎看不見臉，但葛東立刻就認出來她是艾莉恩。

「妳怎麼來了？」葛東意外之餘脫口而出，而他也立刻意識到這樣的口氣好像在趕人，又忙著解釋道：「我的意思是，妳今天有維娜那邊的工作吧？」

「因為想找你，所以那邊結束就趕過來了。」艾莉恩摘下墨鏡，拍了拍身上的長襯衫，向半開放式廚房中的大叔問道：「我想借用一下員工休息室，可以嗎？」

「ＶＩＣＩ咖啡一直是征服世界的基地，只要妳還是我們的一分子就可以隨意使用。」大叔半垂著眼，手上擦拭杯子的動作絲毫沒有停頓。

「謝謝。」艾莉恩露出了光亮的笑容，這是跟維娜學到的偶像笑容。

艾莉恩超強的模仿能力，使她學習什麼都很快，不過短短幾個禮拜不見，就有一種煥然一新的感覺……換個方式說，變得陌生了，從學校走出去的艾莉恩社會化得很強烈，她所模擬的身分除了學校教師們所希望的資優生以外，又多了一個偶像藝人。

葛東覺得自己跟她的差距又拉得更大了，自從當上學生會會長以後，進行的一系列努力讓他稍微有追近一點的感覺，結果那只是艾莉恩沒有繼續進步而已，身為一個學生該做到的，她已經走到了極限，剩下來的是教師們所不希望的部分。

然後她被維娜帶出社會，接觸了在學校裡面所無法觸碰的新領域，相較之下留在學校的葛東，雖然也努力的進步了許多，卻依舊被艾莉恩甩得更遠了。

作為追逐的一方，這種認知實在很打擊信心，幸虧此時葛東背對著艾莉恩，短短幾步路的時間，他將面部表情調整到不會被看出破綻的程度。

來到員工休息室坐定，兩人都選擇了自己習慣的位置，就好像過去艾莉恩依然在VICI咖啡打工那樣，只見她摘下了帽子與墨鏡，動作中帶著說不出的成熟。

「我遇到自稱是ELA的人，對方要我去進行『外來者』登記，雖然被我敷衍過去了，不過對方說他還會再來。」

艾莉恩從口袋裡拿出一張名片，那種普通到現在已經很少人使用的名片，白底黑字沒有任何裝飾。

「Ｅ……ＬＡ？」葛東接過來一看，上頭有對方的姓名與電話，而對方的職位那一欄，則是簡略的印著「ＥＬＡ部門」。

葛東曾經在圖書館那裡多次聽說這個部門，只是葛東常常被各種事情纏身，沒有去了解這個ＥＬＡ是什麼規模的部門，結果對方主動找上門來了！

「是什麼時候的事？」

葛東神情凝重，這個ＥＬＡ的中文全稱是外星生命管理局，他們找上門來就代表著，艾莉恩的真實身分已經暴露了。

現在追究怎麼暴露的於事無補，第一時間葛東只想立刻聯絡圖書館，詢問ＥＬＡ的行事作風！

「就是今天，對方可以直接進入電視臺，我認為是騙子的可能性比較低，所以才過來找你商量……」

艾莉恩從早上就趕往電視臺，一直到不久前才結束工作，但是她的臉上卻見不到一絲疲倦。

葛東見她表情冷靜，不復見過去身分曾經有暴露危機時的驚慌失措，確認性的問道：「妳知道這個ＥＬＡ是做什麼的嗎？」

「我不知道，但是既然是一個組織，而且不是為人所熟知的那種突然找上門來的組織，小心一些是理所當然的選擇，因為我們的目的可是征服世界呢！」

艾莉恩說到此處露出了振奮的表情，隨著她的人氣漸漸成形，收入也跟著水漲船高起來，金錢的累積速度，讓她看到了購入產房成為現實的時間表。

「既然對方說還會再來找妳，就表示他們是打算對話的吧？」葛東從僅有的消息中追索著蛛絲馬跡。

圖書館跟他介紹的時候，確實說過可以向ＥＬＡ求助，那麼這個ＥＬＡ應該是能夠溝通的組織，或許會像某部老電影一樣，基地裡滿是各式各樣的外星人？

收回發散的想像，葛東正經說道：「這是一個突發狀況，我會動用征服世界會的人手去調查，妳也可以試著向一些耳目靈通的傢伙打聽一下，我們……妳接下來什麼時候有空？」

「這個禮拜都有活動，維娜她還在給我安排下個禮拜的工作。」

艾莉恩把所有的預定都記在腦中，毫不遲疑的回答道：「我會向維娜爭取下個禮拜休息一天，具體什麼時候會再通知你。」

「好，這段時間就盡力收集情報，下次見面應該可以有粗略的消息，那時就能確定ＥＬＡ的立場，以及要用什麼態度來面對他們。」葛東有圖書館這個情報源，所以他並不煩惱怎麼弄到ＥＬＡ的情報。

兩人接著又說了些閒話，不過大多數時間都是艾莉恩在說，葛東只有聽的分，就連學校事務也是艾莉恩比較熟悉。葛東把最近Ｊ部很安分的事情通報之後就沒有話題，而艾莉恩現在的領域對葛東卻是完全陌生的，原本抱著聽聽她近況的念頭，結果不知不覺聽得入迷了。

任何一種工作，實際做下去之後就能知道很多表面下的黑幕，更別說是一向以複雜著稱的演藝圈，葛東聽著有一種眼界大開的感覺。

「叩叩！」談興正濃間，員工休息室入口的牆壁被敲響了，轉頭一看，是已經換好衣服的大叔，休息室之外一片漆黑，葛東這才發現時間已經很晚了。

「我們講了這麼久？」葛東拿出手機一看，時間來到十二點多，已經算第二天了。

「如果你們要繼續的話，我可以把鑰匙留給你們一份。」大叔倒是沒有催促他們，只是他提出的問題使葛東立刻跳了起來。

「不、不用了，我們也該要回去了。」葛東連忙起身，然後才發現自己還穿著VICI咖啡的服務生制服。

匆匆換好衣服，出來的時候發現艾莉恩依然在等著他，內心之中不由得有些感動，他可是知道艾莉恩今天一大早就起床了。

「好久沒有護送你回家了，現在這個任務是誰接手？」艾莉恩又變回不久前推開店門的模樣，寬鬆的帽子和墨鏡遮去了一大半的臉。

「昨天是友諒跟我一起回家的……」葛東含糊其辭的敷衍過去，弄得好像征服世界會內部有排班似的。

艾莉恩身材高眺，打扮得又比較時尚，跟穿著T恤牛仔褲的葛東站在一起，看上去她要比葛東成熟很多。假如不是熟悉的人，乍看之下或許會以為他們是姐弟。

來到店外，他們都很自覺的收起了征服世界的話題，之前就因為在休息室談論，而惹來了ＶＩＣＩ團這個敵人，所以他們後來就小心了很多。

回去的路上，員工休息室的那一幕再次重現，艾莉恩跟他分享著這些日子以來的所見所聞。

「妳好像心情很好？」快要到家門口的時候，葛東終於還是忍不住問了出來。

「是嗎……是吧。」艾莉恩先是閃過一瞬間的迷惑，接著很快就做出了認同，然後對葛東說道：「現在的工作酬勞很豐厚，很快就能湊到房子的頭期款了，一想到我們達成目標的日子近在眼前，我的心情就不由得亢奮起來！」

面對著艾莉恩難得一見的得意表情，葛東卻沒有心思去欣賞，他完全被她話裡所包含的東西擊中了。

頭期款，購買一個總額很高的物件時，可以選擇採用分期付款的方式，而需要準備的第一筆金額，就是頭期款。

不，這裡不是在進行名詞解釋，而是葛東受到了衝擊之後，腦中自我保護般開始回憶起相關知識……

在葛東這個年紀，沒有購買過需要分期付款的東西，考慮的時候就忽略掉了這部分，如此一來，艾莉恩得到產房的難度一下子降低很多！

「那妳已經找好地方了嗎？」葛東用力壓著嘴角，讓它不要抽動。

「嗯，之前J部事件那時就已經看過了，有幾間房子都達到了我的要求。」艾莉恩情緒再次高漲起來，又多絮叨了幾句之後，才突然想起似的說道：「之前一直忘記通知你，維娜說我原本住的地方太不安全，所以我現在暫時住到工作室那邊去了。」

「妳住到工作室那邊去了？」葛東還沒從頭期款的震撼中走出來，就再次收到了另一個炸彈。

「嗯，前兩天的事，維娜在幫我找環境比較好的出租房之後，或許過幾天又要搬一次。」艾莉恩東西很少，收拾一下午就直接搬過去了。

「我知道了……」葛東覺得只要是見過艾莉恩之前住的地方，會有這種安排是無可厚非。

只是，等木已成舟之後才被通知，葛東內心微微有些被忽視了的感受。

「那麼，晚安了，我會儘快跟維娜提下禮拜休息的事情。」艾莉恩完成護送任務，見葛東好像沒有話想說了，便向他道別。

其實葛東不是沒有話想說，相反的是想說的話太多了一時語塞，直到艾莉恩的背影消失在轉角，他還沒理出第一個問題的優先順序。

最後，葛東只能抱著明天去找圖書館的念頭回家了……

第五章
ELA組織登場

禮拜天，葛東難得的休息日，以往的禮拜日都要跟艾莉恩去學校圖書館複習功課，但隨著她那邊的工作越來越忙，這樣的私人補習也不得不取消，葛東有試著繼續保持複習的習慣，但沒有可以請教的人在身邊，複習的效果很低。

同時，因為艾莉恩不在的緣故，所以葛東也懶得特地去圖書館，選擇在自己家讀書，而這又更進一步的容易分心……

不管怎麼說，葛東又再次來到學校圖書館，雖然沒有特別聯絡，但他覺得那個外星人學妹總是會出現在櫃檯的位置上。

然而這次葛東撲空了，平常那個位置上坐著的不是圖書館，而是一個陌生的女人。

之所以說是陌生的女人，是因為葛東當上學生會會長以後，對學校的教師們都有印象，儘管不是記得所有教師的名字，但至少可以分得出來對方是否為本校教師，而這位女性卻從來沒有見過。

粗略一看，對方大約三十多歲，留著一頭過耳短髮，五官端正、眼神銳利，身上穿著看起來很正式的女式西裝，領口打著深藍色的領巾，隱隱約約散發著一股生人勿近的威嚴。

由於葛東一進去就在找圖書館的位置，自然而然的就跟那位女性對上了眼，在短暫的一愣神之後，對方主動露出微笑，起身招呼道：「是學生會會長嗎？秪山完全中學高中部的學生會會長？」

「我是，請問妳是……」

葛東對學生會會長這個稱呼有所反應，隨之而來的則是迷惑，他不記得最近有需要用學生會會長這個身分來跟誰見面。

「相信你已經聽說過ＥＬＡ這個部門了，我是ＥＬＡ的局長，我姓李。」陌生女性的自我介紹只做到這一步，隨即就用審視的目光上下打量著葛東。

「ＥＬＡ？」葛東來學校圖書館的用意就是打聽對方的消息，卻沒料到對方先行找上門來！

「潛伏在這所學校的特雷尼人已經跟你說明過了，ＥＬＡ是外星生命管理局的縮寫，職務是管理外星生命，而我們的員工要求艾莉恩過來登記時，卻遭到了拒絕。」李局長說到這裡略一停頓，仔細觀察著葛東的表情變化。

正當葛東以為她要開始威脅之際，卻聽她改口道：「看我，怎麼能就在這種公開場合站著說話，很多東西不好說明，跟我來吧，我們需要一些交談。」

「圖書館……我是說賴蓓芮她人呢？」眼看李局長邁開腳步，但葛東卻不敢立刻跟上，只是問起圖書館的去向。

「那個特雷尼人在後面，或者你可以現在打電話跟她確認，我們並沒有限制她的自由。」李局長擺出一副坦然的態度。

雖然當著面懷疑別人似乎不太好，但是第一次見面的人沒有互信基礎，加上這又是比較重要的事情，於是葛東當場拿出手機並且撥號。

鈴聲不到一響就被接了起來，圖書館的聲音從手機中傳出。

「沒事的，李局長說的都是事實，你可以相信她。」

這樣的說詞簡直就像旁聽了他們的對話一般，緊接著葛東發現自己打這通電話是白費工夫，不管她是真心給李局長證明，或是遭受了威脅而不得不這麼回答，葛東根本無法從那個平板的語氣中辨別她的意思！

好吧，葛東現在沒有其他的選擇，與ＥＬＡ交談是不可避免的發展了，跟著李局長來到櫃檯區旁邊的小房間，裡頭資料櫃排成行列，不太清楚是用來做什麼的地方，但可以肯定的是很少有人會到這裡來。

圖書館就在這個小房間裡面，她跟一個黑西裝男子面對面的坐在折疊椅上，兩人各自貼著牆壁，距離頗遠，不像是有受到威脅的模樣。

「圖書館，妳沒事吧？」葛東雖然是鬆了一口氣，卻依然小心的確認著。

「沒問題，ＥＬＡ就是專門來跟我們溝通的部門，況且我有這個。」圖書館從口袋中拿出電擊棒，看到那個黑色的長方形物體，葛東完全放下心。

既然連武器都沒有沒收的話，或許真的沒有敵意吧？

接著他又不免自嘲起來，一直以來他們遇到的都是充滿敵意的組織，結果弄得風聲鶴唳了！

「那麼，你們是有意來找我呢，還是我剛好撞上你們來找她？」葛東回過頭，望著比自己矮了半個頭左右的李局長，如此問道。

「一半一半，我們是想從特雷尼人這邊先打聽一下關於你的事情，然後才會去拜訪。」李局長向黑西裝男子示意了一下，黑西裝男子便起身離開這間資料室。

黑西裝男子一離開，資料室裡的氣氛瞬間好了很多，當然這是葛東自己的感覺，他做出一副從容的模樣問道：「那麼，ＥＬＡ找我是為了什麼呢？」

「我想你已經知道ＥＬＡ的部員去見艾莉恩的事情了吧？」

李局長自己動手拉了一張折疊椅來坐，與那一身嚴肅的西裝比起來，她的坐姿卻顯得有些不正，給人一種不是很坐得住的感覺。

「我昨天才聽說……」葛東一答，赫然察覺到其中的時間順序。

艾莉恩昨天遇到ＥＬＡ，當晚就跑來通知，緊接著葛東打算來找圖書館詢問情報，便正撞上了ＥＬＡ也來詢問他的消息。

ＥＬＡ動作好快……

有了這層認識，葛東微微戒備起來。

「既然聽說過，那就好辦了。」李局長撥了一下頭髮，說道：「ＥＬＡ是管理外星生命的部門，像這個特雷尼人就有在我們那邊登記過，那樣我們就會當她是合法入境，若是不願意登記……你明白嗎？」

「就是非法的嗎？」葛東大致明白了這個ＥＬＡ或許是像地球海關一樣的部門，雖然還有不少疑問，卻都不是最優先的，葛東思考了一會兒之後，問道：「那麼登記了之後，生活會受到限制嗎？」

「每個月，ＥＬＡ會派員拜訪，通常只是一些問卷調查等級的詢問……規定就是這樣的，我們也只能遵守。」李局長例行公事般解釋了幾句，見葛東還想再問，忙一揮手打斷他的話，說道：「詳細的事情你可以問那個特雷尼人，我們打聽你的情況是有另一個原因在。」

「另一個原因？」葛東注意到對方從頭到尾都沒有叫過圖書館的名字，都是以特雷尼人來稱呼。

「根據收集到的情報，艾莉恩自從去年，也就是你們學期開始不久之後，跟你的關係突然急速拉近，並且建立了以征服世界為目標的組織，我說的有不對的地方嗎？」李局長最後用上了問句，但語氣中的自信根本掩飾不住。

而葛東被人揭穿過去的所作所為，震驚之餘也不免感到惶恐，遭受調查把過去的事情都挖出來，原來是那麼令人不安的！

「沒有……但是你們到底是從哪裡知道的？」

因為黑西裝男子離開而輕鬆下來的氣氛蕩然無存，葛東沒有進行劇烈運動，卻感到嗓子異常的乾燥，就連聲音也顯得乾澀了幾分。

「你該不會以為自己的行事很隱密吧？」李局長嘴角微微的一勾，說道：「先不說到處都有的監視器，你們跟ＶＩＣＩ團的鬥爭，跟Ｊ部的鬥爭……都把機器人開到大街上了，難道以為沒有洩漏出去嗎？」

竟然連ＶＩＣＩ團跟Ｊ部的名字都知道了，看來ＥＬＡ確實已經掌握許多情報，葛東也就放棄辯解，直接詢問對方的來意。

「是這樣的，一般性格和善沒有危險，願意遵守人類法律並且友好相處的，比如像特雷尼人，每個月與我們的員工進行簡單問答就可以了，但是像艾莉恩這種具有攻擊傾向的傢伙，我們的控管會比較嚴格一些。」

隨著李局長的說明，葛東發覺到事情或許不像他想的那麼簡單。

「在調查報告中，這個征服世界的組織是以你為首領的，我們想確認一下，你有沒有受到控制，或者你對艾莉恩的約束力有多強，能不能請你命令她配合我們的工作？」

李局長的話中包含著相當大量的情報，葛東需要消化一會兒才能明白目前的狀況。

「妳是打算，叫我命令艾莉恩配合你們嗎？」

葛東理出一個頭緒之後，不由得有幾分生氣。

「是的，你能理解真是太好了，這樣可以省下很多不必要的工夫。」

李局長滿意的點點頭，好像葛東已經答應合作了似的。

「妳剛才說了控管會比較嚴格，會嚴格到什麼程度？」

葛東內心已有怒氣，卻忍耐著不發作出來，他還有很多想知道的東西。

李局長彷彿唯恐他不發怒一般，火上加油的補充道：「依照目前所收集到的案件，我們判斷艾莉恩具有很強烈的攻擊性，需要由ＥＬＡ的收容所來收容，經由專家評估是否能進入人類社會和平共存。」

「這個意思是要把她關起來嗎！」

葛東果然禁受不住挑釁，原本就壓著怒意的他忍不住爆發出來。

「並不是關起來，而是收容，這是為了人類的安全著想。你看，要是有獅子老虎之類的猛獸跑到大街上，你們也會把牠們抓進動物園裡的對吧？」

李局長對他的怒氣不為所動，語氣平淡得像是在敘述理所當然的常識一般。

然後，葛東突然明白了，他之前一直感覺到的東西是什麼。李局長對待外星種族的態度並不友善，她稱呼圖書館時從來不喊名字，而是叫她特雷尼人，講到艾莉恩的時候，更是直接將她當成猛獸對待。

「妳不喜歡外星人？」

葛東不打算與對方繞圈子，直接了當的開口問道。

「要說喜不喜歡，那當然是不喜歡了，仗著自己科技發達，就隨意跑到別人的星球上來，現在倒是願意老老實實的遵守法律，要是哪天突然翻臉不認帳，也不知道有沒有辦法制裁，很困擾呢！」

李局長雖然是在回答葛東的問題，但視線卻飄向了圖書館那邊。

「我們有星際公約的約束，條文也給局長看過了。」圖書館對此做出回應。

「是啊，星際公約，一個地球人沒有參與到的公約，你們卻拿來實行，條約怎麼修改、修改的方向是什麼，地球人完全被蒙在鼓裡。」

李局長的語氣一下子變得尖銳起來，她挺直了背，儘管依然坐著，卻像是在發動進攻一般。

「因為地球人還沒有參與星際公約的資格，至少要靠自己的力量抵達會場才行，你們人類歷史上的國際公約，不也是強國彼此約定好就開始執行了嗎？」圖書館依舊是那張木板臉，語速雖慢卻是一點也不肯退讓。

葛東意外引爆了一陣唇槍舌劍，而且似乎她們早就有過類似的爭執，對彼此的說法都很熟悉，能迅速提出反駁。

這樣的爭執沒有進行下去，李局長這邊先行收斂了態度，而圖書館一直都是處於防守的姿態，既然李局長已經停止，那她自然而然也跟著停下來。

「總之，依照法規，ＥＬＡ有權對艾莉恩執行強制收容的行動，這件事特雷尼人不會反對吧？」

李局長面無表情，拿出了公事公辦的態度。

「……沒有，星際公約上有可以預防處理攻擊性強烈之外星種族的條文。」

圖書館微微一停頓，卻是同意了李局長的說法。

「那樣就好，妳跟學生會會長解釋一下吧，我這邊最晚的時間是後天，如果學生會會長沒有說服艾莉恩，那麼ＥＬＡ將會執行強制收容手段。」李局長發出最後通牒，說完之後也沒有繼續與他們糾纏下去的意思，直接起身走人，留下還有滿腹抱怨的葛東找不到發洩方向。

李局長離去，資料室裡就剩下他們兩人，葛東先是深呼吸了幾口，但卻被滿口的灰塵味弄得更加煩躁。

「ＥＬＡ是政府機關吧，我該向誰投訴那個局長？」

葛東真是被氣到了，想起了身為國民的權利之一。

「沒有用的，ＥＬＡ是比較特殊的部門，不真正做出違法行為，只是態度不好並不會讓她受到警告。」然而圖書館的回覆殺死了這個念頭。

「好吧……」葛東也只是說說氣話，稍微發洩一下之後，便問道：「所以剛剛那些都是真的嗎？ＥＬＡ真的會對艾莉恩採取強制手段？」

葛東一連用上兩個「真的」來確認，可見他內心受到的動搖程度。

「你知道我不怎麼會分辨人類的語言有幾分真實性……」圖書館也無法分辨，只能解釋道：「因為ＥＬＡ的局長對客人們都是這麼不友善的態度，所以我盡可能的不跟他們有所聯繫。」

「那麼我們現在該怎麼辦？」

葛東皺起眉。李局長的威脅不能等閒視之，那跟過去的ＶＩＣＩ團以及Ｊ部都不一樣，是真正有組織的部門。

「我們現在……」圖書館罕見的遲疑了，她起身來到葛東面前，望著他說道：「我什麼也不會做，我的任務是觀察艾莉恩，就算她被關起來、被解剖了，我的任務都不會改變，所以現在要決定該怎麼辦的只有你。」

「我……」

葛東忽然間有種在孤軍奮戰的感覺，偏偏又無法對圖書館生氣，因為她從一開始就是擺出這樣的態度。

李局長給的最後期限是後天，與艾莉恩約定的見面日期卻是下個禮拜，看來這次見面的時間要提前了。

而這其中又帶來一個問題，要不要讓征服世界會的其他人知道這件事呢？

本意上，葛東覺得這件事跟他們沒有關係，ＥＬＡ要對付的只是艾莉恩，若是把其他人牽扯進來，說不定會使他們受到針對……

但，葛東卻又覺得很需要指引，他腦中把認識的名單轉了一圈，結果最能跟對方討論這個困境的，就只有ＶＩＣＩ咖啡的大叔了。

猶豫間，葛東又向圖書館打聽了ＥＬＡ，然而由於ＥＬＡ的局長對外星種族的不友善態度，圖書館並沒有與ＥＬＡ打太多交道，對他們的認知僅止於「一個可能的聯絡渠道」而已。

至於另外的星際公約，雖然聽起來彷彿是個很有趣的東西，但葛東卻沒那個心思去打聽詳細，幾經煩惱，因為時間實在緊迫，葛東還是決定先與大叔商量看看。

之所以選擇大叔，是因為一直以來他都給葛東一種沉穩的感覺，假如是大叔，葛東相信他可以給出很多有用的建議，並且不會隨便被牽扯進來。

想到就做，ＶＩＣＩ咖啡在禮拜天也是營業的，只是葛東沒有在這天排班而已，不過這個時間去ＶＩＣＩ咖啡太早，遠不到進行開店準備的時候，可是葛東已經無法等待下去。

※　※◆※　※

一通電話過去，大叔趕到了店門口，而從學校步行過來的葛東卻比他晚到，這使得大叔的臉色相當不好看。一個肌肉壯漢臉色陰沉的站在一間還沒開門的咖啡店門口，來來往往的行人都不由自主的繞開些許。

「我們進去說吧，有重要的事情，會影響到我們的目標是否能實現。」

葛東本來想帶圖書館過來，可是被她以需要監視艾莉恩的理由拒絕了，所以就只能由他來講述那個自己也半生不熟的ＥＬＡ。

進到店裡的大叔立刻遭受了大量的敘述洗禮，不過葛東依舊理智的隱瞞了圖書館也是外星人的情報，只把ＥＬＡ說成是第一次知道的組織。

「現在的狀況就是艾莉恩可能會被抓起來，我們的計畫會受到阻礙？」

然而大叔卻一點動搖的模樣也沒有，只是冷靜的詢問著處境。

「你不驚訝嗎？對於這種隱藏起來的政府機關？」

葛東雖然比較信任大叔，可是見他冷靜到這種地步，就不免有些意外了。

「驚訝是有一點，不過在見識過艾莉恩之後，這點小風浪已經算不上什麼了，而且既然都有外星種族，有相應的應對部門也是理所當然的事。」

大叔年紀比較大，各種情況見得多了之後，遇到前所未聞的事情時也不那麼容易驚訝，甚至還能自行補充合理的解釋。

大叔的反應意外有了安撫效果，葛東感覺自己也應該這樣冷靜應對，他長長的吐了一口氣，彷彿藉此就能將徘徊在內心的猶豫清除一般。

「我不想讓艾莉恩被抓走，我想阻止ＥＬＡ的行動，大叔你有什麼辦法嗎？」

第六章 ELA的陰謀

葛東並不是經過深思熟慮才做出決定，他是基於對ＥＬＡ的厭惡，以及不希望艾莉恩遭到監禁的念頭，兩者交融之下的衝動讓他有了那樣的想法。

「依剛才敘述，立刻能想到的辦法有兩個，一個是向他們表明艾莉恩的攻擊性並沒有那麼強烈，另一個則是給他們一種，要捕捉艾莉恩必須付出難以接受代價的評估，那樣或許會放棄武力捕捉，轉而尋找比較溫和的手段……」大叔思考了一會兒之後，慢慢講述著他所考慮的方向。

「兩個截然不同的方法嗎……」

葛東猶豫了，這兩個辦法，前一個費時，後一個費力，而且都無法保證成功率。

「好好考慮一下，你是征服世界會的領袖，當你做出決定之後跟我說一聲。」大叔也需要一些時間來消化剛才的聽聞。

「先等一等，在討論怎麼阻止ＥＬＡ之前，大叔你確定要被捲進來嗎？這是對抗政府機關的行為，會有什麼後果我可不清楚！」葛東打斷了大叔的侃侃而談，十分嚴肅的確認道。

「你在說什麼啊，征服世界這種事本來就是要對抗現有政府的，現在只不過是其中一個部門，就當成是預先練習也不錯。」大叔渾然不覺參與進來有什麼問題，倒讓葛東覺得自己白擔心了。

「好，那麼今天就來召開緊急會議吧！」

葛東腦袋一拍就這樣決定下來。征服世界會的眾人都好說，就是艾莉恩不知道什麼時候才能過來……

※　※◆※　※

葛東用手機發訊息問艾莉恩，結果六個小時後才得到回應，這時葛東已經在店裡枯坐得快要睡著了。

「要凌晨三點才能趕回來？」大叔對時段冒出一絲驚訝，隨即叫來陽曇，把開會的時間一說，接著勸道：「這個時間太晚了，妳可以不用參加，讓友諒事後通知妳就好。」

「不行！我也是這個組織的一員，我要參加！」

陽曇卻是拒絕了大叔的好意，表達要留下來開會的意思。

認識陽曇也不算短了，葛東深知她的頑固，也就懶得勸說，反正到時候友諒也會在，就麻煩他處理陽曇。

葛東又給圖書館發去簡訊說明了開會的事情，但是已經做好她不會到場的心理準備，畢竟她的那副身體是有活動限制的。

因為艾莉恩說她三點才能到，所以葛東聯絡完家裡說是要去友諒家過夜，接著就很不客氣的借了員工休息室來睡覺。雖然這個時間根本睡不著，但他就是閉著眼睛休息也要保存體力，因為有很高的可能這是一個不眠之夜。

人只要長時間維持一個姿勢不動就會睏，葛東不知不覺睡著了，等他被搖醒的時候，已經是艾莉恩出現在ＶＩＣＩ咖啡的時間了。

葛東抬頭一看，員工休息室的時鐘上顯示著三點二十二分，而且艾莉恩很明顯是直接趕過來的，因為她還是一身經過精心設計的裝扮，既顯得成熟性感，又不失青春活潑的風格。

而令葛東感到意外的，圖書館也來了，雖然對她在這個時間活動感到有些奇妙，葛東卻沒有當場詢問，而是若無其事的向她打招呼。

招呼過後立刻進入正題，首先葛東簡單的介紹了一下ＥＬＡ，並且把他們視艾莉恩為外星種族要進行監禁控管也說明了一番，最後葛東以想破壞ＥＬＡ的行動，阻止艾莉恩被他們捕捉作為結尾。

多虧當上學生會會長以後，葛東有好幾次在公開場合發言的經驗，儘管沒有打腹稿，一路說下來竟也沒出什麼差錯。

葛東說完之後，在場眾人各有不同反應，除了早就知情的圖書館跟大叔以外，就屬艾莉恩的臉色最難看。

「你的意思是說，ＥＬＡ已經知道我並不是人類了？」

艾莉恩帶著不安如此問道，這跟她猜想的有所不同，ＥＬＡ並不是另外一個礙事的地下組織，而是已經知道她身分的政府機關！

那份一直存在於艾莉恩心中的警鐘再次響了起來，之前有暴露危機時她就顯示出過激反應，這次卻是已經暴露了，強烈的危機感讓她有再次躲回下水道的衝動！

「也就是說，這次的對手是政府了嗎？終於有點像是在征服世界了！」

相對於艾莉恩的畏縮，陽曇倒是表現出躍躍欲試、鬥志滿盈的模樣。

至於友諒……

「我們怎麼突然就要反政府了？」

友諒並不是很清楚狀況，只是他看著風向好像有點不太對勁的模樣。

友諒是因為無法拒絕朋友的拜託，才參加這個所謂征服世界的行動當中，之前的零星衝突還只是讓他開始思考這之中的危險，沒想到一下子就變成要跟政府對抗了。

由於征服世界會的基本屬性就是要征服世界，而征服世界的過程中難免要跟現有體系形成衝突，所以葛東要與ＥＬＡ對抗的決定沒有受到反對，大叔跟陽曇都有種這才是征服世界該做的事，過去只是在浪費時間的感受。

然而，在最開始的振奮過去之後，一個很現實的困難擺在他們面前，那就是該怎麼阻止ＥＬＡ……

對於ＥＬＡ，他們完全不了解，只知道有這個部門存在，並且相關職責是什麼，但對他們的行事作風沒有認知，不確定ＥＬＡ會是一般公務員那樣拖拖拉拉的作風，或是雷厲風行的強制執行。

至於圖書館那邊，也因為沒有跟他們打過太多交道，同時她自己一直遵守著規矩，沒有見識過ＥＬＡ行動起來的模樣，所以能提供的情報只有表面上的組織結構以及相關責任。

「我們兩種準備都要做。」大叔提出比較穩妥的作法，說道：「既要準備好跟他們拖拖拉拉的說詞，也要小心他們突然強制執行，只是假如ＥＬＡ採取強制行動，採取對抗反應就沒有回頭路了……」

大叔的話讓現場高漲的氣氛略微降低了一些溫度，對此葛東在真正睡著之前已經有了想法，便說道：「演變到那一步的話，我不要求你們要實際反抗，只要採取不合作的態度就足夠了。」

聽見葛東似乎有讓他們置身於外的意思，陽曇一臉不服氣的想說些什麼，卻被有所準備的葛東先一步制止下來。

「不止你們，我也是一樣，在座的大家都已經見識過艾莉恩的能力，這樣的她躲藏起來是很難被抓到的，現在的情況是留給我們的時間太短，沒有辦法一下子拿出應對的手段，但是時間拖長就會對我們有利了。」

「這麼一來，艾莉恩就必須放棄她最近一帆風順的演藝工作了？」

大叔承認葛東的判斷有幾分道理，可是好像忽略了某些部分。

「這的確……」

葛東原本胸有成竹的神情一挫，這的確是難以迴避的質問，要艾莉恩躲藏一陣子，跟放棄演藝事業幾乎是同等的意思。

「能夠肯定，我躲起來之後，你們有辦法扭轉局面嗎？」

艾莉恩聽著大家的討論，身分被識破的惶恐一點點退去，也有了參與討論的動力。

至於眾人對她演藝生涯的疑慮，艾莉恩很豪邁的說道：「跟安全比起來，暫時中斷工作一會兒只是小事！」

艾莉恩這麼有自信也是當然的，因為她的演藝事業實在太順利了，順利得根本沒有一絲阻礙，即使明知道在這種時刻消失一陣子會有很大的人氣損失，艾莉恩也不覺得這是無法彌補的。

連艾莉恩這個圈內人都這麼認為，其他對此一知半解的征服世界會成員也就無可置喙了。

應對ＥＬＡ的基本態度確立下來之後，隨之而來的應對措施就需要集思廣益了，首先是關於見面地點的選擇，必須要挑在艾莉恩容易逃走的地方，以免ＥＬＡ一言不合動用武力。

因為定下了要是ＥＬＡ動用武力就讓艾莉恩逃跑的拖延方針，在選定了談判地點之後，話題就轉到談判策略上。

先前跟大叔單獨討論的時候，葛東認為那個向ＥＬＡ證明艾莉恩並不具有危險性的主意不錯，然而陽曇卻提議採取強調艾莉恩的破壞性，讓ＥＬＡ投鼠忌器的方案。

「要讓他們知道這傢伙的力量！」

陽曇頗有一種自己吃了虧，也要把旁人一起拖下水的憤懣。

對於陽曇這個念頭，所有人都不支持，畢竟艾莉恩只有一個，要表現出能逼使ＥＬＡ放棄的力量，不知道要造成多大的殺傷。就算是自詡要征服世界的大叔，也不想因為這種原因而大肆破壞，畢竟征服世界以後，如果統治之下有一個對他們充滿仇恨的地區可是相當不妙的。

儘管現在就開始考慮這個只能說是杞人憂天，但這樣的概念很符合普世價值，於是陽曇的提議被否決了。

征服世界會的眾人吵吵鬧鬧，討論得很激烈，但隨著秒針轉過一圈又一圈，熱烈勁消退得很快，像葛東這樣睡過一會兒起來的還好些，大叔跟陽曇這樣工作了一天的，精力不濟的跡象很明顯。

「既然已經有共識了，那今天就到此為止吧，大家都回去好好休息。」葛東見到這副景象，只能做出如此決定。

眾人簡單收拾一番來到店外，卻發現天色已經矇矇亮了起來，陽雲毫不猶豫的就決定要請一天假在家裡好好補眠。

而葛東與友諒就沒那麼自由了，他們得拖著疲倦的身軀到學校上課。友諒到學校往桌上一趴了事，而作為學生會會長的葛東就沒辦法這麼做，他努力睜著眼睛使自己看起來像是在上課的模樣，實際上精神卻呈現了恍惚狀態。

好不容易挨到放學，葛東這麼恍惚一天下來，倒是恢復了一些精神，他強打起精神應付今天的打工，回到家倒頭就睡。

※　※◆※　※

一覺醒來就是ＥＬＡ給出的最後期限，不過葛東這才想起來，他似乎沒有李局長的聯絡方式。雖然圖書館曾經給過他ＥＬＡ的聯絡電話，但那已經是半年多前的事，現在那張紙早就不知道扔到哪個角落去了……

這麼一來只能被動的等待聯絡了，葛東有些不安，征服世界這個口號喊得多了，又與其他組織鬥爭許多次之後，對於這樣將主動權交出去的狀況有些敏感，更別說ＥＬＡ局長所展現出來的態度了。

或許是在擔心ＥＬＡ的問題，艾莉恩今天也來上課了，經過這一段無法定期上課的日子，艾莉恩的人氣不減反增；而令教師們鬆了一口氣的是，她的功課並沒有落下，對於課堂間的提問依然回答得游刃有餘。

不過ＥＬＡ並沒有讓葛東在空等中消耗耐心，他在中午收到詢問要在哪裡商量的簡訊，葛東當下就回覆了時間地點，自然就是昨天已經討論許多次的地方。

與ＥＬＡ見面的位置選在公園，那種四面八方都可以跑的地點，而且作為市區公園，也有不少民眾的足跡。

在學校的一行人一放學就來到這裡，雖然對大叔不好意思，但今天ＶＩＣＩ咖啡又是只能臨時停業了。適當的讓ＥＬＡ知道有這麼多人站在艾莉恩這邊，或許也能給予對方壓力。

「說起來，我們是不是第一次一起出動？」

葛東看著他們這一團人數眾多，忽然想起了這種無關緊要的東西。

「自從合併之後是第一次全體出動。」

大叔點點頭。

只是雖然說是一起出動，但少少的六個人也分成了兩邊，陽雲站得離艾莉恩很遠，絲毫沒有打算靠近的意圖。

他們抵達公園之後，很小心的先繞了一圈探查周圍，確認沒有奇怪的黑衣人部署在周圍，才進入了公園的東北角，也就是跟ＥＬＡ約定見面的地方。

征服世界會的眾人算準時間進入公園，公園東北角是一塊林間步道，稀疏的樹木並不會成為視線上的阻礙。在約定的時間將到的時候，遠遠的，他們看到李局長帶著兩名黑西裝男子從另一個方向過來。

「非常準時啊……」

葛東稍稍瞄了一眼手機上的時間，看起來ＥＬＡ跟他們會合的時刻將會精準到秒。

差不多接近到可以看到對方臉上表情的時候，只見李局長抬起右手，葛東以為她是在招呼己方等人，正想回個招呼之際，李局長卻猛然揮下手！

她身邊兩個黑西裝男子外套的下襬一翻，手上頓時多了一把像是槍的東西。

之所以無法確定，是因為黑西裝男子掏出來的東西有槍的基本形狀，卻又不具有電影中槍枝的輪廓，整體平滑得多，槍身上塗有大片的黃色斜條紋，並非常見的黑色或者金屬色。

黑西裝男子迅速逼近，加上他們手中的武器，其敵意已經非常明顯！

「撤退！」

葛東眼看最擔心的狀況發生了，緊急間總算記得他們有所安排，立刻吼了出來。

可是，ＥＬＡ作為一個部門，執行任務時顯得很有章法，兩個黑西裝男子從正面逼近，周圍原本看似民眾的路人，也一個個拔出相同規格的武器封鎖他們逃跑的方向，轉眼之間征服世界會就陷入重重包圍之中！

「我可以跑得掉，你們……」

艾莉恩身姿一矮，正準備像武俠電影那樣跳樹逃亡，迎面而來的黑西裝男子卻已經進入到射程範圍。

黑西裝男子扣下武器的扳機，只聽見一聲氣槍般的悶爆，小小的黑影便從槍口彈出，落在當先兩人身上。

這當先的兩人，一個是葛東，另一個則是打算斷後的大叔，那個小小的黑影打在身上，一股尖銳的刺痛與麻痺感瞬間擴散到全身，發出痛哼的同時，身體也不受控制的往地面倒下。

經由切身體驗，可以確認黑西裝男子手中的是電擊槍，一種射程不超過十米的鎮暴武器，被打到之後全身的肌肉都在發麻，倒在地上除了喊叫之外做不出什麼動作。

葛東一倒下，艾莉恩立刻改變了原先的打算，一轉身便朝兩個黑西裝男子撲去！

由於葛東倒下，艾莉恩沒有收斂力量的意思，眨眼間將兩個黑西裝男子撞飛出去，一隻手去抓葛東衣領想把他拖走，但葛東放學之後直接來到這裡，身上穿的是制服襯衫，區區釦子無法完整支撐他的體重，結果是艾莉恩這一提沒有抓起他，反而是葛東的襯衫釦子爆了一排，以一種半脫的形式掛在他胳膊上。

僅僅是這麼延誤了一下，征服世界會除了圖書館的其他人也已經被電擊槍打倒，眼看著就要陷入無法翻盤的危機！

「艾莉恩，不要管我們，他們的目標是妳，快點跑！」

葛東被電擊槍擊中之後全身肌肉發麻，雖然不至於無法行動，但卻有些渾身無力的感覺。

「我不會拋下你的。」艾莉恩斬釘截鐵的回答，她再次伸手，但這次她將自己的左手化為藤蔓狀，繞住了葛東的腰，並且吩咐道：「咬緊牙關，不然會咬到舌頭的！」

葛東一直以來都很相信她，這次也不例外，儘管沒弄明白她想做什麼，卻是緊緊的咬住了牙。

然後……葛東就感覺自己飛了起來。

並不是真正意義上的飛，而是彷彿地球重力一瞬間加大了，死死想要拉住葛東的手腳，而他卻猛然向上升去！

這一切都是艾莉恩摟著葛東奮力一跳所造成的體驗，然而帶著一個人跳起來，終究是有不小的影響，再加上公園的樹都不是高大的樹木，她再怎麼厲害依然得有個落腳點……也就是說，並沒有超過電擊槍的射擊範圍。

電擊槍的射擊幾乎沒有聲音，再越過一名喬裝的ＥＬＡ人員頭頂時，電擊槍擊中了艾莉恩的右手。

電擊槍作為一種鎮暴武器，並不是以動能而是以電能使目標失去抵抗力，即使艾莉恩被擊中，先前跳躍的慣性依然讓她往外頭飛去……

之前已經提過，葛東選擇公園這個地點的原因就是容易逃走，即使ＥＬＡ動用了不少人手，甚至直接擊中艾莉恩，但是當她艱難的翻過灌木綠化牆後，ＥＬＡ很快就失去了艾莉恩的蹤影。

「啟動緊急預案，向上級報告外星入侵者拒捕的消息。」

面對一無所得的ＥＬＡ職員們，李局長絲毫沒有動怒，只是冷靜的發下命令。
只是，沒有人察覺到，李局長平靜的表面下，眼中卻跳躍著異樣的光芒……

第七章
來自丁部的支援

依照昨天定下的逃跑方案，本來艾莉恩應該孤身逃亡的，但是她見到葛東遭遇攻擊，本能的就把他給帶走了。

不知道為什麼，ＥＬＡ只布下一層包圍，當他們跌跌撞撞闖出公園，就如同落回水裡的魚一般，往四通八達的街道一鑽，就甩掉了ＥＬＡ的追蹤，接著再往一條陰暗的小巷子一鑽，暫且從危機中掙脫開來。

葛東被電擊槍擊中，隨著時間經過，麻痺感漸漸退去，便讓艾莉恩放他下來自己行走，稍微活動一下，不適的感覺很快消失，只有胸口被直接擊中的地方依然隱隱作痛。

「我們現在在哪裡？」

葛東被艾莉恩扛著奔走，被搖晃得注意不了周圍情況，好不容易暫停下來，首要之務就是弄清楚目前的處境。

「我也不知道，只是往沒有威脅的地方跑而已……」

艾莉恩聲音中帶著幾分顫抖，在巷子中很不雅觀的蹲下來，靠上巷子邊的牆壁，身上的制服頓時沾上一大片灰黑。

葛東這才注意到艾莉恩的異狀，因為跟ＥＬＡ成員一照面就被擊倒，他根本不知道艾莉恩也被電擊槍擊中了，直到他看見艾莉恩的右手呈現一種奇怪的姿態，並不是受傷的模樣，而是變成好像昆蟲一般，有著暗沉光滑的表面以及邊緣處的突起，前臂類似螳螂那樣立著成列的尖刺狀硬殼，以及末端分岔成三根指頭般的利爪……

「妳怎麼了？」

葛東也跟著蹲下來，擔憂的望著她慘白色的臉頰。

「遭受電擊，沒辦法控制擬態了……」

艾莉恩專注的想把右手變回人類的模樣，但以往輕易能做到的事情，現在卻困難得好像要登上世界最高峰一樣。

「妳害怕電擊嗎？」

葛東遊戲玩得不少，幾乎是立刻聯想到弱點屬性這種名詞。

「不知道，我也是第一次遭受電擊……」

艾莉恩作為聽話的資優生，操作電器時也都是按照規矩來的，自然就避免了意外的發生。

「我們先往裡頭走一點……」

葛東他們距離巷子口並不遠，要是有人經過，只要一轉頭就能發現他們的存在。好在艾莉恩除了右手無法控制自如以外，其他部位並沒有出現問題。

走到巷子深處，在這個被冷氣機屁股包圍著、視線十分不良好的地方，葛東反而放下心來，終於可以在這邊喘一口氣了。

接著他不由自主的擔心起征服世界會的眾人，在人數跟武器都居劣勢的情況下，征服世界會沒有任何翻盤的可能……

可是，為什麼？

葛東還記得最初跟ＥＬＡ局長會面時的場景，她當時是想讓他們說服艾莉恩，或者由ＥＬＡ來執行強制逮捕，但剛才一見面，話都還沒說上，就立刻採取了那麼激烈的強制逮捕。

要說ＥＬＡ權力大到可以隨便逮捕外星種族，甚至把民眾捲進來也無所謂，這個可能性似乎……比人類有一天放下對彼此的成見，開始追求世界大同的可能性更小！

這其中一定有什麼葛東所不知道的環節，才會造成現在這種局面……

「嘟嚕嚕嚕……」

正思考間，手機的鈴聲突兀響起，將葛東的思緒打斷。

是艾莉恩的手機在響，她還在跟自己的右手奮戰，不過光用左手也能接電話，只見她接起手機應了幾句，臉上露出驚訝的表情，又匆匆說了些什麼，從葛東聽到的隻字片語來判斷，對方應該是維娜吧……

艾莉恩這通電話持續了不短的時間，好不容易等她結束，便看到她帶著微妙的表情轉過頭來，說道：「我們被通緝了。」

「通緝……我們？」

葛東一下子沒有明白，於是艾莉恩在手機上操作了幾下，然後將一則通報放到他的面前。

那是通緝公告，也許因為對象是兩個未成年人的關係，所以並沒有上新聞公告，而是發到了警察機關。

雖然不明白警察機關是怎麼查通緝犯的，依照常識推論，自然是先從對方親近的對象開始。葛東這樣有親人朋友的自然很好找，但是像艾莉恩那樣的，就找上了維娜這個與她有工作關係的人。

剛才維娜的電話，就是打來詢問到底發生了什麼事。

葛東遭到了衝擊，然而卻沒有出現頭腦空白或者驚慌失措的情況，反倒是彷彿抓到什麼不對勁的地方，只是那個感覺稍顯縹緲了一些，無法構成有效的思考線索。

雖然沒辦法當成線索，卻不妨礙葛東把自己的想法說出來：「太快了，ＥＬＡ的動作太快了，無論是決定強制捕捉的行動也好、發布通緝也好，他們肯定有做了事先計畫，而且是以強硬態度為前提的計畫……」

「你想說，他們的目的不止是我？」

艾莉恩努力了半天，總算把右手恢復到比較正常的模樣，但是仔細看依然能察覺她雙手有些許不對稱的地方。

「總之，我們先……」葛東說到一半不由得停住了。

他現在沒有可以商量的對象……

所有跟征服世界會有關的人，都在剛剛被ＥＬＡ一網打盡了，就連圖書館也不例外。葛東不認為擺出這麼一副強硬姿態的ＥＬＡ，會唯獨對圖書館特別寬容。

「……先找一個可以安心休息的地方。」

葛東好歹做了一段時間的學生會跟征服世界會的雙重會長，做出一個普通決定的能力是不缺的。

這個可以安心休息的地方卻不是那麼好找，首先他們都穿著制服，一望可知是柢山完全中學高中部的學生；其次這身制服有些狼狽，好比葛東現在襯衫鈕子全部脫落，胸懷敞開露出底下的汗衫。而艾莉恩則是在樹木間跳躍的時候，難免勾到樹枝，制服上黑一條灰一條，領子還夾著一片樹葉。

光是這副模樣，就讓他們容易成為矚目焦點，更別說艾莉恩現在小有名氣，會認出她的人就更多了。

※　※◆※　※

結果想了半天，最後他們來到曾經與ＶＩＣＩ團展開正面對決的那棟廢棄大樓，至少是在屋子裡面。

途中，葛東為了不被跟蹤，特地繞到不在行經路徑上的便利商店，花光身上所有的錢買了食物跟水，看數量大概能保證三、四天沒有問題，不過等他們真的到了廢棄大樓之後，葛東才開始煩惱這幾天洗澡上廁所的問題該怎麼解決……

不，比起考慮那種無關緊要的東西，還不如把心思放在怎麼擺脫困境上，可是最困難的地方在於，葛東並不清楚該怎麼做才好。這次不像過去跟ＶＩＣＩ團、Ｊ部的鬥爭，只要打贏對方就行了，就算他們闖入ＥＬＡ的總部，將局長以下所有人全部打倒也無濟於事，說不定還會因為被當成凶惡罪犯而增加追捕他們的力度。

思前想後，問題的解決方式是沒想到，但所有問題的來源卻都指向了ＥＬＡ局長。雖然打倒敵人就能解決危機的想法無法實現，但能抓到李局長的話，確實成為了破局的關鍵！

可是，要怎麼抓到ＥＬＡ局長呢……

武力不是問題，有艾莉恩在，埋伏一個人並不困難，困難的地方在於他們該怎麼得知對方的行蹤。

沒有情報源，對於外面的情況只能透過手機，但是他們並沒有引起外界注意，ＥＬＡ又是跟一般民眾沒有關係的部門，網路上什麼消息也沒有。

「不對，還有人可以聯絡！」

葛東看著手機，腦中突然靈光一閃。接著他撥通了紅鈴的號碼。

「喂，又有什麼事？」

紅鈴的語氣還是那麼不好，不過這倒是讓葛東找回了一點過去的心情。

「洩漏我們情報給ＥＬＡ的，就是Ｊ部吧？」葛東雖然用上了問句的句型，但口氣卻是已經確信了犯人一般。

能做出這個猜想，還是多虧了陽曇去找來的情報，雖然只是跟穿著西裝的人交流，就此把J部跟ＥＬＡ扯上關係十分牽強，但葛東也不需要證據，只要這個賭注能中獎就可以了。

「你……這、這不是沒有辦法嘛！」猜測命中，紅鈴氣勢為之一弱。

雖然不知道為什麼聽到他的話之後紅鈴會變得沮喪，但這樣的反應正好被葛東利用，他輕笑道：「征服世界的道路本來就充斥著敵人，我倒是不在乎多一個強敵，但是妳知道ＥＬＡ的真面目嗎？」

葛東接著就把ＥＬＡ的行為加油添醋一番，原本ＥＬＡ莫名採取攻擊行為就很站不住腳，又被葛東加料之後，聽起來簡直像電影中最傳統類型的大反派一般。

「你在危急中打電話來，就是為了告訴我ＥＬＡ有多壞嗎？」

紅鈴氣勢越發軟弱，葛東沒有隱瞞自己被逼到絕境的情況。

「不，我只是想聽妳親口說出放棄堅持正義，能見到以前的敵人在意志上被打倒，對現在的我也算是一個小小的禮物。」

葛東刻意壓低了自己的聲線，試圖塑造一種壞蛋的語調。

「我才沒有放棄正義！」

紅鈴低落下去的氣勢因為這句話又重新爆炸了。

「是嗎？那麼我問妳，J部跟ELA的合作是怎麼回事？」葛東鋪陳了這麼長的前奏，現在終於要進入正題了。

「那才不是合作！」紅鈴忍不住又爆發一次，然後就說起了她們跟ELA組織往來的經過。

原來，ELA很早就盯上她們了，當初J部與征服世界會起衝突，機器人照片滿天飛的時候，ELA就注意到她們，緊急確認J部機器人並非外星科技產物，就打算要放鬆戒備，偏偏這時陽晴也開始上傳她的照片，也就是拍到了艾莉恩形體變化的那張。

儘管紅鈴當時已經散布病毒，讓拍到FR—03的照片無法張貼出來，但是ELA對網路的監視是一直在進行當中，這些病毒所造成的網路異常反而成為他們注意的重點，之後沒費多大勁就弄到了照片的檔案，而因為這張問題照片，J部立刻成為他們重點關注的對象。

「ELA這麼久之前就在注意我們了？」葛東大感意外，如果是這麼早之前就察覺了，為什麼拖延到現在才……

「因為跟你們有所接觸，所以我們被ELA找去問過很多次話，FR—03也被他們拿去分析過，害得我們修復的進度延緩了好多！」

紅鈴對ELA是滿腹怨言，加上受到葛東的蠱惑，對ELA的印象就更差了。

從紅鈴的抱怨中，葛東總算明白為什麼J部這段時間如此安靜了，她們受到外務影響，對於沒有機器人就沒有戰力的J部而言，消除自身的存在感，平安度過就是最好的選擇。

弄清楚來龍去脈，這只是解開葛東內心的疑惑而已，接下來的才是重頭戲。

「看來ELA有暗地裡的計畫，刻意對付征服世界會卻又放我跟艾莉恩離開，是想利用我們的憤怒造成騷亂嗎……」

葛東看似在推理，實際上是刻意帶入陰謀論。陰謀論這種東西，只要願意動腦筋，隨意就能想出一大堆。葛東沿著自己剛才隨口開啟的起頭，竟然也能編出一個ＥＬＡ打算利用他們製造騷亂，從而擴張ＥＬＡ的權力與資源，最後從幕後控制這個國家之類的鬼話。

奇妙的是，紅鈴的情緒就隨著他的講述而起舞，好像完全沒有懷疑，就這麼相信了的樣子。

之前她也是很輕易的就相信葛東了，到底是什麼原因……

儘管很好奇，但現在不是揭開這一層的時候，他需要紅鈴這個額外的幫手。

「那麼，我們聯手來對付ＥＬＡ吧，將他們的陰謀挫敗，讓事情回到它原本應該在的軌道上。」葛東說到最後，順勢而為的提出如此要求。

「嗯……等等？」紅鈴只是相信他所講述的內容，不是盲目的遵從，一聽到這個提議馬上從陰謀論中脫離出來，反對道：「對抗ＥＬＡ的陰謀跟與你聯手是不相關的兩件事，你們也是需要被正義消滅的對象！」

「真是困擾呢，我可不想在跟ＥＬＡ對抗的時候，還得小心被Ｊ部突襲，想必妳也有同樣的顧慮吧？」

葛東絲毫沒有被拒絕的失望，因為剛才那個提議只是個引子，真正想達到的目的是在後頭！

「確實呢……」

紅鈴遲疑了，無論是征服世界會或者Ｊ部，跟ＥＬＡ比較起來都顯得那麼弱小，與之對抗必然是需要全力投入的。

「那麼不如這樣吧，我們不要聯手，但是劃分區域各自為戰，彼此遇到的時候，就裝作沒看到，也不需要彼此救援，這種程度的協議如何？」

葛東的真意在此，要是這個也被拒絕，他一時之間也沒有額外的備案了。

「劃分區域……你已經有確切的目標了嗎？」紅鈴沒有立刻答應，而是想從葛東那邊弄到更多情報。

紅鈴突來的敏銳差點讓葛東露出馬腳，好在他迅速的裝起有恃無恐的態度來，說道：「這就要看妳願意交換多少了，我剛剛可是告訴了妳不少東西。」

「ＥＬＡ一直對我們採取詢問的立場，我知道的也不多……」

紅鈴剛才從他那邊得到一個龐大的陰謀論，自認為占了很多便宜，對於ＥＬＡ的情報倒豆子一般的洩漏出來。

紅鈴不知道這就是葛東最需要的東西，就算只是非常片面而且破碎的訊息，由於圖書館說的盡是些大層面上的狀態，這種瑣碎的情報反而更能拼湊出ＥＬＡ的模樣。

「那麼我們就這樣分吧……」

葛東粗糙的將城市劃為四塊，包含學校在內的兩塊交給紅鈴，包含ＥＬＡ部門的兩塊則劃給自己。

葛東的目標很明確，接下來就是潛入ＥＬＡ，不管是先把大叔等人救出來，或是直接抓到李局長質問她的用意，都是打破目前困境的一種方法。

定下目標之後，那種前途茫然的不安散去許多，明白看到困難在哪裡，可以試著想辦法去挑戰，要是連困難是什麼都不確定，想要努力都無從開始。

將剛才那通電話的進展與艾莉恩分享，這讓她稍微放下心來，只是艾莉恩對於直接襲擊ＥＬＡ部門有些疑慮，問道：「既然ＥＬＡ知道有外星人，那麼他們會不會有防備的辦法呢？」

艾莉恩對電擊槍心有餘悸，對於擅長模仿與偽裝的她，能讓她的身體失去控制的武器，就等於破壞掉她這兩項專長。

「今天先好好休息一下，明天再去做點偵察，如果可以在ＥＬＡ之外抓到李局長自然是最好的……」

葛東又不由得想起電影了，只要跟外星人扯上關係的電影，都一定會有奇妙的黑科技，雖然他明白那只是故事創作，卻也難免有些憂慮。

這棟廢棄大樓房間是不缺的，趁著天還亮著，葛東跟艾莉恩在三樓處聯手整理出其中一間，應付一個晚上不成問題，就是他之前考慮過的無水洗澡，身上一片汗水黏糊糊的好不習慣。

「不先打個電話回家嗎？」艾莉恩見他就要躺下來休息，忍不住問道。

以往葛東只要有晚回家的可能，就會打電話回去通知的，反而這次可能要在外頭待上好幾天，卻……

艾莉恩的問題擊中了葛東一直不想去面對的問題，他跟艾莉恩不一樣，通緝令發下之後立刻就能查到地址，不管怎麼說，在事件告一段落之前是無法回去了。

可是，要怎麼解釋？

之前說去友諒家過夜已經讓葛媽頗有微詞了，這次更是不知道多久才能解決……

不過艾莉恩也是有她的道理，放著不管只會讓情況變得嚴重，葛東猶豫良久，最後還是撥通了電話。

※　※◆※　※

葛茜正坐在客廳裡看電視，此時正演到精彩的地方，偏偏手機鈴聲不合時宜的響了起來，打斷了她的情緒，在低頭一看發現是哥哥打來的電話，心情一下子就不好了，於是接電話的口氣也相當差。

但是，哥哥那邊傳來的消息使她呆住了。突然成為了通緝犯是怎麼回事啊！

什麼ＥＬＡ跟外星人的，葛茜開始擔心起哥哥的精神狀況，算起來從他說要征服世界開始似乎就變得很奇怪了，如果那時不是顧著生悶氣，而是多關心點家人就好了……

但是聽到最後，這點兒自責立刻被掃進了垃圾桶，因為他居然要自己幫忙想藉口，好敷衍爸爸媽媽說他們兒子幾天都不會回來！

這怎麼可能想得到！

可是在她開口罵人之前，哥哥卻立刻掛掉了電話！

太可惡了、哥哥太可惡了！

第八章
強襲！侵入ELA總部

葛東早就預料到妹妹會發出狂暴怒吼，所以拜託完之後立刻掛上電話，迴避掉耳朵的災難。

「真是不負責任，把找理由的工作推給妹妹……」

艾莉恩看著葛東的眼神都有些變了，好像現在才見識到他的另外一面似的。

至於葛東把她的身分暴露出去的問題，反正是妹妹，艾莉恩已經默認對方也是潛在的征服世界會成員了。

「這是對她的復仇，之前可是利用了ＶＩＣＩ團給我們造成了很大的麻煩！」葛東給自己的行為找理由，當然一方面也是相信妹妹可以解決才推給她的。

總之，急迫的事情都暫且有了處置，葛東這半天下來精神跟身體方面都經歷不小的衝擊，因此躺在地上之後甚至連意識到自己與艾莉恩共處一室的閒心也沒有，一下子就進入了夢鄉。

而艾莉恩卻沒有那麼快進入睡眠……不如說她的睡眠需求跟人類有很大的不同，她可以透過長時間淺眠來休息並保持對周圍的警戒心，也可以使用短時間的深眠來快速回復體力。

而她不急著休息的理由則是在進行思考……

之前一段時間都是葛東在忙碌，但她並非就此停滯不動了，她把葛東跟紅鈴的對話都聽在耳中。

同樣是弄清楚了來龍去脈，但是艾莉恩所想的東西與葛東截然不同。葛東所想的是先抓住ＥＬＡ局長，弄清楚她的所作所為以及背後理由再考慮接下來的行動，實際上就是見步行步，沒有一個完整的計畫。

這也是沒辦法的事，他們所擬定的計畫在ＥＬＡ的決絕之前化為泡影，要不是葛東臨時想到Ｊ部的存在，並且用語言釣了紅鈴一把，就連現在這個隨機應變的辦法都拿不出來。

艾莉恩則是在思考另一種方式，如果順利的話，別說是ＥＬＡ，就連征服世界也可以一併完成，只是時機並不成熟，硬要實行的話，失敗機率也頗高……

猶豫半晌，看著身邊葛東睡著的模樣，艾莉恩下定決心，她悄悄起身，一點聲音也沒有發出，接著就隱沒在黑暗當中……

※　※◆※　※

半夜，葛東渾身發疼的醒來，此前都是睡床的葛東，突然轉移到又冷又硬的水泥地板上，儘管因為太過疲倦而入睡，但當睡眠轉入淺眠的時候，身體的不適就將他拉離了睡眠狀態。

只不過是坐起來伸個懶腰，身上的關節便響起一陣劈里啪啦之聲，因為廢棄大樓的房間裡很黑、沒有燈，又不像自己家裡已經熟到可以閉著眼睛亂走，於是葛東摸索了半天才找到門的位置。

廁所用原本存在的就好了，雖然沒有水可以沖，但至少是個廁所。解決了生理需求後，葛東又摸索著回到剛才的房間門口，一路上總覺得自己好像忽略了什麼東西……

對了，艾莉恩呢？

這個發現令葛東悚然不安，因為艾莉恩已經有暴走過的前科，萬一她直接變身衝向ＥＬＡ……

葛東慌慌張張的想找手機，但手機在睡前就隨手放在一邊了，待機中的手機沒有光亮，在漆黑的環境下十分難以尋找，摸了半天感覺形狀相似的，拿起來都是比較完整的磁磚！

早知道就把這些東西清出房間，不該為了省事隨便堆在房間的一角！

依靠幸運，葛東到處亂摸的時候無意間觸碰到手機按鈕，那猛然亮起來的螢幕，讓葛東前所未有的感受到科技的光芒有多麼重要！

藉著手機的光亮，葛東一邊往樓梯間走去，一邊撥通了艾莉恩的號碼，聽著手機中傳來的鈴聲，葛東焦急中又察覺到些許不對勁。

鈴聲……似乎有兩個？

葛東稍微把手機拿離耳朵遠一點，發現這並不是自己的錯覺，他確實聽到了艾莉恩的手機鈴聲，而且就在二樓！

「艾莉恩？」

並不明白為什麼她會跑到樓下來的葛東，一邊發出輕聲呼喚，一邊往鈴聲傳來的地方走去。

「葛東？」

呼喚有所回應，只是艾莉恩的聲音在空蕩蕩的大樓中造成回音，反倒不如她手機的位置清楚。

「我醒來發現妳不見了，為什麼到下面來？」

葛東發現她沒有跑走，內心安定了些，不過腳下沒停，一直往鈴聲傳來的方向走去。

「等、等一下，先不要過來！」艾莉恩的聲音聽起來有些驚慌。

「怎麼了？」葛東依言站住了腳。

「我現在不方便……待會兒就出來了，稍微等我一下。」艾莉恩氣息有些紊亂，語氣中的緊張清晰可聞。

「我知道了……」

葛東一頭霧水的停下腳步，正如同艾莉恩所說的那樣，只是一下子的事情，她就從二樓深處的某個房間現出身影。

只是，艾莉恩的模樣有些奇怪，雖然因為室內太暗只能依靠手機的些許光芒照亮，但就是這樣看不清楚的情況下，她衣衫不整的模樣顯得若隱若現，更是誘人。

「妳……怎麼了？」

葛東驟然見到這副模樣的艾莉恩，比起粉紅色的心動氣氛，他想的更多是到底發生了什麼的迷惑。

「我試著生了一些，但是沒有生過，直到剛剛才生出了兩個……」

艾莉恩迅速整理著自己的衣裝，只見她這邊拍拍、那邊拉拉，制服上衣很快就變得平整起來。

「生……什麼？」

葛東依舊一臉茫然，艾莉恩說的每個字都聽得清清楚楚，但組合在一起是什麼意思卻好難理解。

「進來看看吧。」

艾莉恩也覺得不好說明，於是乾脆帶著葛東進到她剛才所待的房間。

……太暗了什麼也看不到。

就算有手機螢幕的光亮，但那點光照不了多遠，想看清楚什麼非得貼近了才行。

艾莉恩無奈之下拿出自己的手機，當場下載手電筒ＡＰＰ，照亮了房間中的一角。

映入眼簾的，是兩個直立的橢圓形物體，大約有前臂那麼長，表面是不反光的墨綠色……或者深紫色，周圍太暗不容易分辨，似乎有隱約的黏膩氣味散發出來。

雖然很不想承認，但是看到這個東西，加上艾莉恩不停叨唸的產房，葛東很自然的就聯想到了蛋。

「妳所謂的生就是這個嗎？」

葛東臉色古怪，儘管已經一再的體認到艾莉恩並非人類的事實，但是看到這個蛋……說起來，這個蛋到底是怎麼生下來的？

感覺不能深思下去的葛東中斷了腦內印象，轉頭望向艾莉恩等待她的回答。

「嗯，是我的卵，雖然因為不熟練所以只生下了兩個，但是等他們孵化應該可以成為很有用的幫助。」

艾莉恩帶人來看自己的卵，雖然對方是葛東，卻依然感到難以平復的害羞。

葛東卻沒有心思去注意到這些細節，只是難免憂慮的問道：「這些蛋孵出來的會是抱臉蟲嗎？」

「什麼是抱臉蟲？」艾莉恩帶著一絲不解的回望過去。

「就是……算了，不知道的話應該就不是了。」葛東深吸一口氣，問道：「所以這個孵出來之後會是什麼樣子？」

一問起這個，艾莉恩的情緒便低落了許多，回答道：「這裡不是好的產房，我的經驗也不足，大概會很瘦小，會有能力上的缺陷，而且壽命也不長……甚至有可能根本不會孵化……」

「具備繁殖力嗎？」葛東忍不住擔心，提起了他最擔心的部分。

「沒有，那個需要優良產房才能孕育出來，這麼糟糕的環境……」艾莉恩顯得有幾分惋惜，但是她的惋惜卻使葛東鬆了一口氣。

他還記得圖書館的警告，要是讓有繁殖能力的外星生物散布出去，變成圖書館曾經敘述過的那種情況就太不好了，葛東雖然很想解決身上的危機，卻沒有到弄成世界末日也要那麼做的地步！

總之得知不會演變成世界級危機後，葛東才有餘裕來聽艾莉恩的說明。

關於產卵的問題，艾莉恩也是依照著本能來的，並沒有誰教過她，因此有些事情她很自然的知道了，卻無法仔細說個明白。

葛東簡略的歸納一下，艾莉恩口中的他們一族的擴張型態有點類似螞蟻，有產卵能力的只有蟻后，等族群擴大了一些，就能培養另一個蟻后。

至於蟻后跟蟻后之間會不會打起來，艾莉恩也無法確定，畢竟沒有見到過。

以上是艾莉恩自己也一知半解的東西，至於她會這麼做的理由，則是為了想要對抗ELA。

電擊槍這種東西給予了艾莉恩極為強烈的危機感，而且當敵人擴大到政府規模，並且瞬間擊潰征服世界會，將他們之中大多數人抓走之後，艾莉恩就體會到實際上的力量差距。

人數、裝備以及對危機的敏感度，征服世界會在突來的危機下潰不成軍，這成為艾莉恩急忙要擴充軍團的理由之一。

「而且，孩子們以後也可以成為征服世界的助力，一舉兩得。」艾莉恩抱著這樣的心思，然而在執行上卻出了些誤差。

卵並不是想產就能產的，葛東才剛睡下沒多久，艾莉恩就跑出來了，但是等葛東睡了四、五個小時起來，她才終於憋出兩顆來……

果然還是需要產房呢，艾莉恩不由得這麼想道。

「所以這個要多久才能孵出來？」葛東帶著憂慮與奇妙的心情問著。

憂慮是因為艾莉恩開始產卵了，這在圖書館的口中是星球滅亡的前兆，而奇妙的心情則是……這是艾莉恩生下來的東西，該怎麼說呢，把艾莉恩跟生殖行為連結在一起，光這點就足夠令葛東的心情感到非常複雜了。

「孵化大概……四個小時左右？」

「好快！」

本來以為起碼會有個三五天的，沒想到居然是以小時來計算！

「因為只是下級……嗯，叫他們工兵好了，工兵等級的孩子很快的。」艾莉恩的本能中也包含了這種階級意識，隨口取名一點壓力也沒有。

「那我就等著看一下是怎樣的吧……」

葛東說著就坐了下來，絲毫不在意地上的灰塵。

葛東的內心並不像表面上那麼平靜，接下來的這一幕，將會影響他的決定。

※　※◆※　※

然而，四個小時過去、五個小時過去，外頭天已經亮了，漸漸不需要手機也可以看清楚房間裡面的環境，那兩顆蛋卻一點動靜也沒有。

跟葛東並肩坐著的艾莉恩起身檢查，仔細將蛋上上下下都摸過一遍之後，轉過頭來，神情略帶悲傷的說道：「孵化失敗了，這裡的環境無法讓他們順利誕生……」

葛東卸下心頭的重擔之餘，也猶豫著要不要安慰她，但還沒等葛東想出一個結果，艾莉恩就將蛋舉起，重重的往地上砸去！

「咚！」

俗話說雞蛋碰石頭，是用來形容強弱對比極端的一個比喻，但是艾莉恩這一砸卻發出了結實沉悶的聲響，彷彿落在地上的不是蛋，而是另一塊石頭似的。

縱使如此，那深色的蛋殼依然裂開一條裂痕，黑綠黑綠的黏液慢慢滲了出來，一股濃烈的腥臭味撲鼻而來，沖得葛東忍不住掩住了鼻子。

等艾莉恩將兩個蛋都打破，並且下去挖了沙土來覆蓋住黏液之後，葛東才詢問道：

「為什麼要特地打破呢？」

「為什麼……」艾莉恩手上的動作一頓，思索一會兒之後才回答道：「死掉的蛋原本應該吃掉的，可是……」

好吧，又是本能所給她的答案，多虧艾莉恩顧慮有他在場沒有真的去吃，葛東也不想再追問了。兩人回到三樓，吃了些葛東準備的食物，就開始考慮起今天的計畫。

原本是想著要去ＥＬＡ部門周圍看看的，但睡醒一想就覺得這困難度挺高的。ＥＬＡ與警察應該正在到處尋找他們的蹤影，不小心一點恐怕在抵達之前就已經被圍捕了。根據紅鈴的情報，ＥＬＡ部門在整座城市的中心偏北一些，而他們所在的廢棄大樓則在南邊，要過去得穿越整個市中心，對於現在還穿著破爛制服的他們，想不引起別人注意是不可能的。

想了想，葛東不得已只好再次撥打了紅鈴的號碼，希望能從她那邊得到一些幫助。

或許是因為已經達成協議，紅鈴對葛東的提議倒是一口答應了，反正只是拿些衣服放在某處的寄物櫃，也不差這點順水人情了。

※　※◆※　※

葛東他們小心翼翼迴避著旁人的視線與街道監視器，在約定好的百貨公司寄物櫃處找到了紅鈴留下來的衣物。

大概是她父母的舊衣服吧，款式都比較老，至於尺寸方面，男裝比葛東大個一號左右，穿上去只是顯得寬鬆卻不突兀；然而對於身材高挑的艾莉恩而言，女裝就太小了。

「要跟人家說聲抱歉了。」

艾莉恩無奈之下只好撕開衣領以及腰襬，也將自己的制服做了同樣的處理，兩件搭配起來，搖身一變成了狂野的撕裂風。

這麼一來更加引人注目，於是葛東乾脆就讓艾莉恩改變一下髮型，便明目張膽的走在街上。

說起來，女孩子真的是一種很奇妙的生物，只是換了個髮型，從黑長直變成挑染過的大波浪捲髮，給人的感覺就完全不同了，那股資優生的氣質徹底消失，轉而給人一種生人勿近的暴躁感。

頭髮的顏色跟造型是直接用擬態能力變的，長度無法改動，但由直髮變成捲髮，看上去自然就縮短了許多。

總之，以艾莉恩外放出來的氣勢，倒也沒人上去搭訕。葛東只是撥亂了頭髮，將眼鏡摘下，雖然眼前一片模糊，不過給艾莉恩牽著倒是不虞出問題，只是重度近視的他要裝成看得見的樣子，這裡反而比較辛苦。

一路乘坐公共交通工具，沒多久他們來到了ＥＬＡ外頭。從外表看去，那是一棟普通的商業大樓，正門門楣上倒是老老實實掛著ＥＬＡ三個英文字母，可是對於不明白其縮寫意義的人，就不可能知道這棟大樓究竟是做什麼的。

ＥＬＡ大樓位於市中心附近，周圍很多店鋪，可是葛東身上已經沒錢了，就連去旁邊點個飲料的錢都沒有。

不得已之下，兩人往路邊的長椅一坐，就假裝起正在聊天，實際上目光卻是一直對著ＥＬＡ大樓的正門口，仔細觀察每一個出入之人。

葛東腦中還轉著坐一會兒之後要換個地方，以免太過顯眼的念頭，卻不知道他們的行蹤早就被ＥＬＡ發現了。

看著畫面中裝得若無其事的葛東與艾莉恩，ＥＬＡ的成員們都不由得感到無語。如果他們躲在城市某個角落，要找出來得費一番工夫，但是就這麼直接跑到大門口來，那種等級的變裝以為可以騙過人嗎……

總之先派人盯住他們，接著把這件事報告上去。當這份報告緊急送到李局長桌上時，這個幕後黑手也不由得呆滯了一會兒。

「總之先抓起來吧，這次不要失手了，先關到Ａ級拘留室裡，那個小男生等我問完話之後，跟他同夥扔一起就行了。」李局長隨意做出指示，彷彿根本不懷疑捕捉是否能夠成功似的。

等屬下離開辦公室後，李局長又低下頭去寫她的報告書，內容赫然便是請求增加預算與人手。

第九章

屬於葛東的理由

葛東感到有冰涼的東西貼到了自己臉上，濕漉漉的水滴沿著臉頰，又從下巴滴到自己的胸膛上。

這樣的觸感令他不由得一哆嗦，睜開眼睛想把臉上的水擦掉，但手臂卻被什麼東西拉住了舉不起來。

「醒了？」

聽過幾次的聲音從前方不遠處傳來，但他還沒適應房間裡強烈的燈光，一時間猛眨著眼，想看清楚眼前的景象。

「你怎麼會以為，那種程度的變裝就可以瞞過ＥＬＡ？」

前方的聲音再次響起，因為這次句子比較長，葛東分辨出了這是誰的聲音。是李局長的聲音。

目標突然出現在眼前，葛東本能的就想跳起來，但才一動，四肢都傳來遭到束縛的感受。

低頭一看，他的四肢都被手銬扣在一把折疊椅上，就像是即將受到拷問的犯人；而所在的地方也好像拷問室似的，漆成白色的牆壁，空無一物的內部，只有一張位於他跟李局長之間的桌子。

「我怎麼……」葛東詢問的句子說到一半就中斷了，倒沒有誰打斷，只是他自己想起來了而已。

他跟艾莉恩在ＥＬＡ大樓前面坐下不久，還沒品味到盯梢的枯燥，身邊的艾莉恩突然臉色大變的跳起來，而葛東還沒明白怎麼回事，就感覺到背心一痛，回頭一看有一群黑西裝男子正往他們撲來……而這也是他最後意識到的東西。

從眼下的情況看來，是被抓了，葛東忍不住問道：「艾莉恩呢？」

「她？」李局長臉色微微一沉，說道：「她的能力倒是出乎意料之外，儘管我們並沒有打算在這裡就抓住她，但那個怪物卻也逃脫得太迅速了，就算我們做足萬全的準備，也不一定能抓住她。」

對於李局長誠實回答的態度，葛東略感意外，而他也沒有掩飾這一點，明明白白的表現在臉上。

「很意外嗎？」李局長拿起放在桌上的水壺，給葛東倒了一杯水，說道：「慶幸你是人類吧。」

「慶幸……我是人類？」

葛東確實感到渴了，但他的雙手都被銬在椅子上，根本無法接觸到那杯水。

「我之所以特地把你留在這裡，沒有立刻扔去跟你的同夥一起，就是想知道，你為什麼要幫助那個怪物呢？」李局長給自己也倒了一杯水，饒有興趣的問道。

「怪物……是指艾莉恩？」葛東不喜歡她對艾莉恩的稱呼，然而現在情勢比人強，就算抗議也沒什麼力度，只得無奈的說道：「幫助自己的同學有什麼問題嗎？」

「你的同學？」

李局長彷彿聽見了令人發噱的笑話，雖然壓抑著沒有笑出聲來，可是那肩膀的顫抖卻怎麼也停不住。

「有什麼不對的嗎？」

就算已經是任人魚肉的狀態，葛東也無法克制的冒出怒氣。

「不，並沒有不對，我只是沒有想到，會是這麼可愛的答案而已。」李局長緩過氣來，按著肚子說道：「但是我想問的不是這個，而是為什麼你會幫助並非人類的艾莉恩，你有理解艾莉恩不是人類這點嗎？」

「看到她那個樣子，也只能理解了吧？」

葛東發覺對方不是刻意在嘲笑，怒氣也就收斂了幾分。

「不，你沒有明白，如果你明白的話，就不會像現在這樣被抓住了。」李局長做出斷言，她的眼神瞬間如刀刃般銳利，說道：「無論你是被利用或者受到驅使，既然走上與人類為敵的道路，你應該想盡辦法挑起暴亂，讓人類互相殘殺，削減人類的力量，你根本不用繼續上學，學校的知識對你而言並不需要，你只要考慮如何發揮那個怪物最大的力量就行了。」

「我並沒有打算與人類為敵！」

葛東感覺有一頂巨大的帽子飛來，本能的否認了。

「沒有打算與人類為敵？」李局長勾起了嘴角，拖出一個長長的笑臉，說道：「幫著並非人類的怪物征服世界，這樣居然好意思說不打算與人類為敵？」

「我們征服世界的宗旨是征服內心呢，也就是要別人心甘情願的接受我們的征服。」葛東一咬牙，把用來控制艾莉恩暴力的說法搬了過來。

「征服……內心？」

李局長停下了笑容，卻沒有像是佩服或者不屑的表情，反而像是在看著講著童言童語的孩童一般。

葛東不想與她爭論征服世界的事情，轉變了話題道：「妳既然不喜歡外星人，為什麼還要來擔任這個外星管理局的局長？」

「這可不是喜歡不喜歡就能決定的。」李局長嘆了口氣，既然葛東不打算糾纏征服世界的問題，她也就跟著轉變話題：「政府機關的職務分配就是這樣，這種吃力不討好的部門，有辦法的人早就跑光了，剩下一些沒有背景的倒楣鬼才會被塞進來，不過真正做下去之後，倒是發現了真正值得奮鬥的東西。」

「就是陷害無辜的人嗎？」葛東極為不滿的諷刺道。

「他們可不是無辜的人，那是一群偷渡客，隨意使用地球的資源，偏偏政府顧忌他們的科技實力，不敢對他們使用太激烈的手段，這種趕不走的惡客你會喜歡嗎？」

「就因為妳不喜歡，所以發布了對我們的通緝令？」

葛東倒是能理解她的說法，不過理解歸理解，對於自己所遭遇到的事情卻依舊無法接受。

「通緝令的話，已經取消你的了。」李局長隨口道出一個好消息，露出了神秘的笑容道：「之前說過的，慶幸你是人類吧。」

「妳究竟打算對艾莉恩做什麼？」

從醒來到現在，葛東感覺自己一直被玩弄於股掌之間，終於忍不住拋開一切枝節，直指問題中心。

「只是利用一下而已，我看那個怪物很緊張你，畢竟是征服世界的頭目，或許會為了救出你而採取激烈行動呢……」李局長露出大局在握的自信微笑。

「然後呢，這對妳有什麼好處！」

葛東總算明白了，她所做的這一切，都是為了逼迫艾莉恩，而他只是用來激怒艾莉恩的誘餌。

「我剛才不是說了嗎？與人類為敵就得挑起暴亂，我希望她能順利扮演好那個角色，這樣我提出擴大控制外星種族的時候，提案通過的可能性就會更高一些。」

李局長直白得令人驚訝，但是更令葛東驚訝的是，他隨口用來糊弄紅鈴的陰謀論竟然猜中了幾分真相。

「然後妳打算藉此擴張ＥＬＡ的權力，從幕後控制政府？」葛東乾脆把陰謀論的下半段也拿出來。

「你的想像力很豐富。」李局長對此卻是冷淡的回覆，說道：「我的目的可以用一句話來概括，『地球是地球人的地球，反對一切外太空殖民者介入地球事務』。」

「那是門羅宣言吧，不要小看正在唸書的高中生，我每天可是花很多心思去背書的啊！」葛東發出了血淚泣訴，然而很可惜對方並不是會配合他吐槽的傢伙。

「我想要的就是那種東西，其他的一切不過是達到目標的手段而已。」李局長感覺繼續談話沒有意義，便有了起身離開的意思。

「等等，妳憑什麼覺得綁架了我，就會讓艾莉恩不顧一切的開始襲擊人類？」葛東見她要走，趕忙叫住她。

「我們調查過了，自從發現那個怪物有問題之後，就把你們的一切都調查過了。從她在地球上的第一筆紀錄開始，一直到她第一次露出蛛絲馬跡，也就是你能成為學生會會長的那個最大的契機。」李局長回過頭，笑著說道：「那可是隱藏了十六年之久的怪物，自從那次事件之後，她又動用了很多次能力，而那些都是因為你，我們判斷，那個怪物在見到你被暴力帶走之後，失控的可能性很高。」

「那麼……」葛東被羅列起來的事實所震撼，這是他從未去思考過的方向，震驚之餘忍不住問道：「為什麼要把這些都告訴我，不擔心我離開以後，把妳的所作所為都抖出來嗎？」

李局長聽見這個疑問，反倒又重新坐下來，解釋道：「現在事情都才剛開始而已，我要忙的事情很多，不過有些東西先告訴你也無妨，我打算吸收你到ＥＬＡ來。」

「我？」葛東瞪大了眼睛感到不可思議。他又是哪裡被對方看上了？

「在那個怪物暴露實態以後，你依然與她相處了那麼久，這種經歷可是ＥＬＡ中的誰都沒有的，我相信這份經歷對你很有幫助，能讓你在遇到其他外星人的時候更加從容面對。」

李局長上上下下的打量著他，就像是上屬在面試新來的員工一般。

葛東下意識的就想拒絕，但是在他開口之前，李局長已經起身說道：「不要急著回答，這件事恐怕還要拖上好一會兒，你一時三刻是不能回家了，就先在這裡待著，渴了就自己倒水吧。」

李局長說著便轉身離開，任憑葛東在後面叫她也不停留。

只是葛東這次叫她並不是還有什麼想說的，而是他四肢都被銬住，就算想倒水也做不到。

好在李局長離開之後，ＥＬＡ的其他人員就進來了，他們一個個都穿著千篇一律的黑西裝，倒是沒有戴墨鏡，他們解開了鎖著葛東的手銬，又推著他往門外走去。

對方人數眾多，葛東不想自找苦吃，老老實實跟著他們走。

ＥＬＡ大樓裡看起來就像普通的政府大樓，而且是古舊老派的那種，漆成白色的牆壁以及水磨石地板，現在新建的政府大樓風格也都與時俱進，像這樣古風的建築反而少見了。

葛東是被強效麻醉槍擊倒之後送過來的，他並不清楚自己是在什麼地方，不過從剛才房間裡到外頭走廊都沒見到窗戶，也許是在地下室吧？

畢竟說起監禁、拘束什麼的，總覺得就很適合地下室的調性。

走沒多遠，經過一個轉角後，迎面而來的是數道模樣不同的閘門，有的欄杆極為厚實，有的則是用整片強化玻璃造的，更有通上了電的閘門，如此種類繁多的防備，難道是為了囚禁外星人嗎？

葛東並沒有機會證實猜想，因為兩邊的門都好好關著，只是與前邊那重重戒備的閘門比起來，這邊的門卻只是普通的木頭門，而且是充滿古風的黃銅長柄門把。

黑西裝男子帶著葛東來到最深處的房間，他們先是敲了敲門，然後才推開門，葛東注意到他們沒有拿出鑰匙之類的東西，門根本沒有鎖。

進到裡面，是一個面積較大的房間，裡頭擺放著像是睡袋跟桌椅一類的生活用品，大叔等人正因為敲門聲而戒備起來，結果見到的是被抓進來的葛東。

「葛東！」屋內眾人異口同聲的叫著他的名字。

「我也被抓住了……」

葛東見到大家都在，表情不由得露出幾分苦澀，這下子他們人在外頭的只剩下艾莉恩了。

黑西裝男子把葛東帶來後，什麼也沒說就轉身出去了，臨走之前不忘帶上了門，顯得很有禮貌的樣子。

葛東進來之後左右張望一下，發現少了一個人，便問道：「圖書館沒有跟你們在一起嗎？」

「沒有，她被另外帶走了，不知道在哪裡……」

對此反應最快的是友諒，只是他臉上除了擔憂的表情以外，更多卻是一副失魂落魄的模樣。

接下來自然是一番互相說明分開後的經歷，葛東說完之後換大叔他們說，然而他們也沒什麼好講的，被電擊槍擊倒之後直接被送到這裡來，圖書館雖然沒有被電擊，卻從頭到尾沒有反抗，只是……

「葛東，圖書館是外星人嗎？」忍耐了那麼久，友諒等他們之間的對話告一段落，就迫不及待的問了出來。

「你……」

葛東一愣，轉頭去看大叔跟陽曇，卻見到他們也是一臉想知道的模樣。

想想也是，ＥＬＡ可不像葛東這樣，需要幫圖書館保守這個秘密，特別是要把圖書館帶到別處去的話，其他人可不會就這麼坐視不管，而能夠讓他們安分下來的就只有真相了。

「的確是這樣的……」

葛東眼看無法繼續隱瞞，便也就承認了。

「怎麼會……」

友諒受到了極大的衝擊，因為ＥＬＡ在他眼中是敵人，所以他還可以催眠自己那是用來欺騙的說法，結果葛東打破了他一廂情願的迷夢。

陷入打擊狀態的友諒縮到牆角去了，雖然想去安慰他幾句，可是葛東自己情緒也很差，實在是編不出什麼鼓舞用的句子。

「你們該不會還有誰不是人類吧？」陽曇經歷了兩次遭遇非人的情況後，看著幾個男生的眼神都有些變了。

「我是純種人類，百分之百。」大叔被她看得受不了，只好率先做出表態。

有大叔做表率，葛東滿懷複雜的也澄清自己的人類身分，他從沒想過自己需要為了這種事做出保證。

一通拖沓下來，話題總算來到該如何脫困上，葛東把李局長的用意跟大家轉述一遍，並且道：「如果只是想被釋放的話，只要繼續等著就可以了，或者她也會因為跟艾莉恩戰鬥過的理由招募你們……」

「只要等著就可以什麼的，才不想要那種被施捨的方法！」陽曇是第一個跳起來反對的，怒道：「只不過是一點小挫折，就打算放棄了嗎！」

葛東的本意也不是想要放棄，只是把狀況說明清楚而已，不過陽曇那暴躁的脾氣，作為敵人十分令人困擾，當她成為自己人之後倒是頗漲士氣，葛東那低落的心情被她吼得為之一振！

然而，也僅止於此了，因為他們被困在這邊沒有辦法做些什麼，ＥＬＡ作為一個組織性很強的部門，不會在關押的牢房中留下可以給他們利用的工具，比較大件的家具像是桌椅等，都用了螺絲釘拴在地板上。

正無計可施間，一陣尖銳的蜂鳴器聲由外頭傳了進來，葛東心頭不由得一緊。該不會是艾莉恩硬闖ＥＬＡ大樓了吧？

「是怎麼回事啊？」

比起葛東跟大叔的慎重，陽曇就沒有思考那麼多，反正門也沒有鎖，直接就打開木門向走廊盡頭的黑西裝男子喊問道。

「不要出來，待在房間裡！」黑西裝男子可沒有好聲好氣的必要，回吼了一句之後，便拿著對講機聽起指令來。

「你們……」陽曇還想再吼，卻被葛東一把抓住肩膀拉回來。

「你們在這裡沒有被鎖起來，可以隨便走到門外嗎？」

葛東進來時雖然發現門沒有鎖，但見到陽曇這麼若無其事的推門出去，依然感到了驚訝。

「他們只說了不要試圖逃跑，不要彼此傷害之後就不管我們了。」

陽曇對葛東還有些脾氣，不過現在兩邊可以算是同舟共濟的伙伴，也就暫且放下了成見。

「其他房間我們也進去過，裡頭什麼也沒有，只有最裡面的這間有東西，而且也比較大。」大叔從旁也加入說明。

葛東猜想大概正是因為這裡只關著他們，而且李局長說不定真的要招募他們作為手下，所以才如此寬容……

不過，就算放他們在這裡亂走也毫無意義，最重要的閘門都緊緊的關著，周圍又沒有窗戶，根本逃不出去。

葛東就算有心想趁警報發生的時候做些什麼，但是他手邊什麼工具都沒有，另外艾莉恩跟圖書館這兩個萬能鑰匙也不在，葛東多麼想念當初那個光用手指就能開鎖的圖書館啊……

什麼也做不了的征服世界會眾人，只能等待這股警報會讓ＥＬＡ出現什麼變化，好讓他們有機可乘。

雖然這可說是把轉機寄望在運氣之上，不過此時束手無策的葛東，最後也只能這麼期望了……

第十章

FR-03機器人再現

在地面上，ＥＬＡ大樓側面，那厚實的牆壁被撞出一個大洞，從那些水泥碎塊噴濺的距離，可以想見當時的撞擊力道有多麼強烈。

至於造成這個破壞的，則是一架鋼鐵巨人，ＦＲ—０３。

「哼哼哼，我可不會再被騙了，一聽說ＥＬＡ的位置，立刻就把那片區域分到自己負責的範圍，這麼明目張膽也太瞧不起人了！」

在不遠的地方，紅鈴發出了得意洋洋的笑聲。

操作ＦＲ—０３的是喬紝紝，Ｊ部吸收了之前的教訓，對ＦＲ—０３做了很大的改進，原本以艾莉恩為預想敵的改動，現在用來對付只是經過訓練的普通人類實在太輕易不過了。

ＥＬＡ的黑西裝男子們雖然經過訓練，但在本部裡卻沒有重型武器，只有手槍等級的輕武器，再來就是電擊槍、胡椒噴霧器之類的鎮暴武器，就連步槍也沒有一把，要用那些來對付鋼鐵巨人實在力有未逮，一時之間被ＦＲ—０３的橫衝直撞弄得無計可施。

「先不要急著興奮，要去哪裡？」

喬紝紝腦袋上戴著ＶＲ設備，這個新出現的科技拯救了她們的操控，因為總總原因Ｊ部無法製造能夠裝載人員的機器人，那麼就用ＶＲ設備來替代這一點。

不得不說，雖然許多報告都說明把人類放在戰鬥機器裡是很沒效率的事情，可是人類終究是親自乘坐在裡頭最為直觀，現在ＶＲ技術很好的補上了這一塊缺陷，喬紝紝身臨其境的控制著ＦＲ—０３，再也沒有先前對付艾莉恩那時的茫然不適。

「先去地下室吧，秘密要嘛藏在地下室，要嘛就在頂樓，先去比較近的地方！」紅鈴被她一提醒，立刻收拾了興奮的心情，做出簡單的判斷。

Ｊ部來的時間其實比葛東還早，只是忙著調整ＦＲ—０３忙碌許久，再加上葛東從抵達到被抓走所花費的時間還不到半個小時，結果Ｊ部根本沒發現葛東的到來。

要是知道的話，也許她們就會做出不一樣的選擇了……

且說回Ｊ部的行動，ＥＬＡ雖然是充滿神秘的部門，但ＥＬＡ大樓卻只是普通的大樓，儘管經過一些改造，但基本格局卻是變化不了，喬紝紝輕易的找到了通往地下樓層的階梯。

地下室的黑西裝男子們也攔不住FR—03，被她們一路衝撞，轉過走廊轉角之後一腦袋撞在了厚實的閘門之上。

不愧是特地裝設的閘門，FR—03橫衝直撞的態勢被攔下，就算喬紝紝立刻控制機器人揮拳，也只是將閘門擊打得變形，卻沒有一下子破開。

但是，偏偏如此防禦強大的模樣，反而讓紅鈴覺得這裡頭必定有重要的東西，因此更加催促喬紝紝破壞閘門。

於是黑西裝男子們就見到了難忘的一幕，那個闖進來讓他們避之唯恐不及的鋼鐵巨人，就這麼傻愣愣的跟閘門較起勁來，刺耳的金屬摩擦聲不絕於耳，結果是FR—03的勝利，畢竟閘門只能靠堅固度硬扛，而FR—03的手爪則是擁有刻意設計過的強大剪力。

闖過最外頭的一層，純粹物理防禦最強的閘門已經被破壞，後面的閘門用意是在應對可能具有不同能力的外星人，更加無法抵抗機器人的暴力。

FR—03一路隨意砸開走廊兩邊的木頭門，然後透過攝影機將裡頭的景象都送到了紅鈴面前。

看著一個個空無一物的房間，紅鈴推測這底下大概沒有機密，只不過既然都衝進來了，她不想放過些許的可能性，於是FR—03一路衝到了最裡端的房間，砸開之後卻是見到了意料之外的人。

「葛東，你果然在這裡！」紅鈴的聲音透過FR—03身上的揚聲器，清晰傳到房內眾人的耳朵裡。

這邊葛東雖然祈禱著警報發生的原因可以給他們機會，但機會的製造者卻是他沒想過的對象，既然是J部！

「妳們……怎麼會跑到這裡來？」大腦當機之下，葛東傻愣愣的對紅鈴的聲音有所回應。

「這裡果然有大問題，你們在這裡有什麼收穫？」紅鈴很自豪能識破他的「詭計」，說話間不由自主的帶上一絲勝利者語氣。

「什麼也沒有發現，我們正要去別的地方。」葛東從問句中發現她誤會了些什麼，隨口順著她繼續往下說。

「地下室沒有的話，那就在頂樓了？」

紅鈴不疑有他，畢竟這間房間面積大是大，卻能一眼看個通透，不像是能隱藏著什麼重要東西的樣子。

紅鈴想到這裡，立刻用力拍著喬紝紝的肩膀，說道：「快，快去頂樓，一定要比葛東他們快！」

於是在葛東等人的注視下，ＦＲ—０３轉過身軀飛快離去，將聚集起來的黑西裝男子再次衝散。

「我們的運氣來了，快點跟上去！」大叔反應最快，馬上就追著ＦＲ—０３的去向大步奔跑。

大叔的喊聲讓眾人如夢初醒，就連不久之前還在失落的友諒，也強打精神追上去。

向走廊兩旁避開ＦＲ—０３的黑西裝男子們，好不容易躲過了鋼鐵巨人的襲擊，卻又要立刻面對以大叔為首的征服世界會……

為什麼是以大叔為首？

因為征服世界會在場眾人，只有大叔的戰鬥力最值得信賴，其他人手上沒有武器的話，是無法與那些受過訓練的黑西裝男子較量的。

但是大叔就不同了，受過拳擊訓練，並且到今天都還維持著健身習慣，在近距離的對人戰中，大叔具有很強的威力。

電擊槍之類的東西攜帶起來並不方便，地下樓層的黑西裝男子們身上只配了一根警棍，雖然也頗有威懾力，但是剛才ＦＲ—０３在走廊橫衝直撞，有兩個倒楣傢伙被捲了進去，倒在一旁昏迷不醒，他們身上的武器自然也就被征服世界會繳獲了。

一個人沒有經過任何訓練，只是拿著棍子亂揮也會令人難以靠近，而且整個地下樓層的黑西裝男子也沒有多少人，以大叔這個格鬥專精的人為首，眾人沿著ＦＲ—０３闖出來的路線緊追而去。

「我們等會兒要繼續跟著，還是先撤退？」走在最前面的大叔眼看樓梯在望，趕緊尋問接下來的方針。

「嗯……繼續吧，這次的對手是政府機關，而且是這種我們之前都沒聽過的部門，越過警察機關直接拘捕民眾，把這些事情暴露出來肯定會對他們造成打擊，至少可以抑止ELA繼續進逼……」

葛東話都沒來得及說完，就看到剛剛衝在前頭的FR—03就從樓梯間跌出來，聽著上方傳來鞭炮一般的聲響，以及眼前鋼鐵巨人身上不時彈起的一星火花，瞬間讓眾人停下腳步。

「那是……槍聲？」

「是槍聲。」

葛東不甚確定的喃喃著，而他的自言自語得到了大叔肯定的答覆。

現場眾人中，真正聽過槍聲的只有大叔，因為只有他當過兵。真正的槍聲比電影裡的要清脆得多，聽起來與鞭炮相差無幾。

FR—03頂著槍擊站起身來，雖然手槍子彈並不能給它帶來威脅，但喬紝紝擔心子彈碰巧擊傷攝影鏡頭，因此在起來之後沒有忙著衝上階梯，而是退到走廊另一邊去暫避鋒芒。

見到ＦＲ—０３退開，守著樓梯的黑西裝男子也停火了，樓梯口一時之間從極為激烈的戰場，變成安靜得只剩下些許回音的環境。

「上面情況如何？」葛東對鋼鐵巨人發問，他可不敢自己去那個樓梯口觀察。

「聚集了不少人，只是扔了些彈珠，ＦＲ—０３就很難上去……」

紅鈴又發現了ＦＲ—０３的一個缺點，儘管具有爬樓梯的能力，卻會被這種小伎倆困住。

「彈珠嗎……」

葛東低頭一看ＦＲ—０３的雙腿，為了平衡，所以它用上了面積較大的腳掌，就算黑西裝男子扔的不是彈珠，只要用些小雜物讓樓梯的面積縮小，就能給它上樓的動作造成很大困擾。

「妳先守著這裡，我們去其他地方搜索一下，還有剛才那些被我們甩掉的傢伙也要想辦法處理。」

大叔回頭望向他們過來的方向，要搜索這一層的話，就得想辦法讓那些黑西裝男子不要過來礙事。

地下樓層的黑西裝男子一共有六人，有兩個在FR—03出現的時候遭到捲入而昏迷不醒，另外有兩個遭到大叔擊倒，一時半會兒沒有反抗能力，於是只剩下兩個還有行動力的。

當大叔領著兩個男生回去找他們的時候，兩個黑西裝男子互看了一眼，很明智的放棄抵抗，讓大叔把他們統統鎖進一個房間裡，對講機自然也沒收了。

或許是ELA已經預料到他們會奪走同伴的對講機，所以奪來的對講機並沒有聲音傳出來，就算葛東他們試著偽裝黑西裝男子發話，也沒有得到任何回應。

「我們必須快點衝出去，時間拖得越久對我們越不利。」被困在地下，葛東感覺有些焦急。

縱使J部靠著突襲取得了先機，但只要ELA反應過來，作為政府部門有資源優勢，可以輕易找來大量人手，到時候可就不像現在這樣，對手的武器也不再限制於小口徑手槍，而是會有更多他們抵擋不住的東西。

對地下樓層的搜索立刻展開，但是這底下只有一個房間被拿來當作黑西裝男子的休息室，其他房間就像是普通的辦公室那樣，有著大辦公桌跟許多資料櫃。

資料櫃裡文書甚少，簡略翻閱幾份，似乎是把舊公文分門別類的存放在這裡的樣子；辦公桌則沒有使用過的跡象，抽屜都是空的，也沒有找到足以讓他們利用的東西。

但是……

「蓓芮！」

友諒的驚呼聲從某個房間傳了出來，聽到異動，眾人都往他的方向趕去。

那是一個跟其他房間沒有不同的閒置辦公室，不過在其中一張椅子上，圖書館就坐在那裡，雙眼緊閉，手腳無力的垂下，背後靠著牆，好像把全身重量都寄託在椅子上似的癱著。

友諒正扶著圖書館的肩膀，像是在對待易碎品那樣輕輕的搖晃著，並且輕聲叫著她的名字。

「圖書館她怎麼了？」陽曇驟然見到這樣的景象不由得心頭一緊。

「我、我不知道，她的身體還是溫熱著的，可是沒有呼吸……」友諒回過頭來，臉色蒼白得嚇人。

「我看看。」葛東上前，他記得圖書館一直說這是搭載人形介面，所以他能夠保持冷靜。

將友諒從圖書館身前擠開，葛東同樣也是去扶她的肩膀，但卻是讓圖書館的身體往前倒下，露出背後的模樣。

圖書館背後開了一個大洞。

這不是形容受傷之類的，而是一個貨真價實的大洞，連制服帶肌膚彷彿被一把鋒利的刀子劃開，從脖子根部一直往下拖到脊椎尾端，那個大洞裡卻不是血肉模糊的樣子，而是一片銀光閃耀，晃得人幾乎無法直視。

「這是怎麼回事？」

包含葛東在內的眾人都冒出這個疑問。

從手上的觸感來看，圖書館身上仍舊有體溫，肌膚也依然具有彈性，葛東微微捏了一把，與真正的人類沒什麼區別。

「她曾經跟我說過，這是為了在人類社會中生活而製造的人形終端，也就是搭載物……」葛東把過去所聽說的東西轉述出來，聽得眾人是一愣一愣的。

「所以現在要怎麼做，要把這個扛走嗎？還是留在這邊就好了？」陽曇猶猶豫豫的問道。

「唔……」

葛東一時之間拿不定主意，從這個人形終端被丟在這裡可以看出來，圖書館現在的待遇恐怕不太好，可要是把這個帶走了，會不會有圖書館需要用上卻找不到的可能……

遲疑不定間，面朝下趴在自己膝蓋上的圖書館突然張開了嘴，發出細微的呼喚道：

「葛、葛東……」

「圖書館！」

「蓓芮！」

友諒跟陽曇一左一右把圖書館上半身扶正，然而她依然雙眼緊閉，只有嘴巴顫抖著，聲音輕微的說道：「我現在使用的是遙控機能，長話短說，我離開人形終端後，人形終端會自動發出求救訊號，其他的特雷尼人收到之後就會趕來救我，我並不知道我的同胞什麼時候會到，但要儘快把人形終端還給我，不然ＥＬＡ的行為可能會被判別為具有敵意。」

「被認為有敵意的話會怎樣？」

陽曇聞言微微一驚。難道會打起宇宙戰爭嗎？她還沒做好連宇宙也一起征服的心理準備。

「要看交涉過程而定，但現在負責交涉的ＥＬＡ局長是人類主義者，交涉的過程恐怕很難愉快。」

圖書館如此評估，與李局長有短暫交流的葛東也這麼認為。

「好吧，妳在哪裡？」

「我在九樓，從樓梯上來直走，門口有兩個守衛的房間就是了。」

圖書館的音量雖小，但因為這時眾人都擠在一起，腦袋碰著腦袋，所以大家都明白了情況。

「我們現在被困在地下一樓，妳有辦法嗎？」葛東抱著姑且一試的念頭詢問道。

「把人形終端帶到配電盤那裡，然後將手指放在電線上，我可以做到全棟斷電，至於能不能把握這個機會就要看你們了。」

圖書館依舊閉著眼睛，聲音細得宛若絲線，光看她的正面，完全是一副病弱美少女的模樣。

幾人彼此對看一眼，現在也沒有其他辦法，便決定依照圖書館的吩咐去做。

「意外的重呢，我本來以為會很輕的……」

陽曇本來以為這大概就剩下一層皮的重量，然而抱起來的感覺卻有三分之一個人那麼重。

至於為什麼是她去搬，因為在場的女生只有陽曇一個，儘管那是圖書館的人形終端，並不是真正的身體，但做得太好了，摸上去完全是女孩子的觸感，因此只能交給陽曇來處理。

配電盤這種東西每層樓都有一個，他們將配電盤的蓋子打開，並將圖書館的手指點在這一層樓的總開關上。

「準備好了嗎？」葛東遠遠的向ＦＲ—０３喊話，圖書館所能造成的效果已經通知過去了。

只不過，圖書館是外星人的事情好像刺激到Ｊ部，她們從剛才開始就沒有開口，倒是ＦＲ—０３依然用動作來回覆他們。

「好，數到三就開始，一、二……三！」

隨著「三」字出口，原本充足的燈光驟然熄滅，剩下逃生出口指示燈還在發亮。

征服世界會的眾人睜開從剛才就一直閉著的左眼，已經適應黑暗的左眼保持能夠看見周圍環境的狀態，然後他們就跟著ＦＲ—０３一起往上衝鋒。

不知道是否突來的黑暗造成黑西裝男子們的混亂，當ＦＲ—０３踩著沉重的腳步聲登上樓梯的時候，對方沒有再次扔下彈珠或者任何東西來阻止……

※　　※◆※　　※

通過樓梯轉角，接著繼續往上來到一樓，就在ＦＲ—０３踏上最後一層階梯時，葛東突然感覺到後面有人抓住他的腰，緊接著一股大力襲來，他控制不住身形往一旁倒下，葛東驚呼都還沒出口，腦袋上就劃過一道激烈的破風聲，帶起的空氣甚至颳得他有些頭皮發疼……

抓著他往旁邊拉的是大叔，而腦袋上那股破風聲卻是前頭的ＦＲ—０３揮出來的。

ＦＲ—０３是機器人，轉動之間不像人類那樣有前置動作，剛才便是毫無預兆的回臂一擊，若非大叔眼明手快將他拉下樓梯，恐怕已經被敲得頭破血流了。

「妳做什麼，現在就要背叛了嗎！」陽曇將剛才的情況看得一清二楚，若非還扛著圖書館，說不定就要衝上前去質問J部了。

「不，不是背叛。」大叔抬起了雙臂擺出戰鬥姿勢，說道：「她們大概被ELA揪住了，我可是跟那個大傢伙打過的，就像人都會有自己的習慣一樣，操作這玩意兒肯定也會有習慣，剛剛那傢伙起步的姿態跟先前完全不一樣呢。」

「……居然在這裡露餡了，看來我還是太小看你們了啊。」

第十一章 「復活」的圖書館學妹

在ＥＬＡ大樓的側邊，一輛看似普通的白色麵包車，此時被十來個黑西裝男子圍住，車門早已大開，露出裡面的眾多儀器，一高一矮兩個女孩正在跟黑西裝男子們爭執著什麼，但卻被粗暴的帶離現場。

麵包車裡，一個黑西裝男子坐在原本喬紝紝所坐的位置，頭上戴著ＶＲ設備，Ｊ部過去不斷對ＦＲ—０３進行操作簡化的改進，有了ＶＲ之後在簡化上更是大進一步，所以黑西裝男子才剛坐上去就能執行簡單的操作了。

但是就像大叔所說的一樣，不同的人在操作習慣上也不相同，而且黑西裝男子又是新手，更加放大這些差異，因此被察覺了出來。

而剛才與大叔對話的，則是從大樓中撤出來的李局長。

畢竟，都已經遭到暴力入侵，還傻傻待在辦公室等人殺上來未免太傻了。

至於Ｊ部被發現只是遲早的事，ＦＲ—０３一看就知道不可能坐人，這還是多虧城市裡電波紛亂，拖延了ＥＬＡ的排查行動，這才給她們突入地下一樓的時間，誤打誤撞將葛東等人釋放出來。

畫面回到ＥＬＡ大樓裡，ＦＲ—０３往樓梯平臺這麼一站，頓時把征服世界會眾人往上的路給截斷，而原本守在上頭的黑西裝男子們，紛紛湧了進來，眼看著即將陷入絕境，葛東腦中急速轉動，但是在這種場面下，智慧沒有任何作用。

「葛東，你這傢伙一定要破壞他們的陰謀啊！」

隨著紅鈴的聲音傳來，被ＥＬＡ搶去控制權的ＦＲ—０３動作為之一頓，緊接著橫臂回身一掃，湧進來的黑西裝男子們或是退開，或是閃避不及被打中，一時間樓梯間為之一空。

紅鈴等人只是被粗暴帶開，並沒有限制她們的行動，雖然ＶＲ裝備被ＥＬＡ占據使用了，但她們還有先前使用過的遙控器，作為ＦＲ—０３的製造者，紅鈴很輕易的就取回了控制權，並且在最危急的關頭幫了葛東一把。

然後她們就再次被黑西裝男子抓住，這次可就沒那麼好說話了，她們被比照葛東的待遇處理，遭到手銬伺候。

「我們能做的就只有這樣了……」紅鈴跟喬紝紝被銬在一起，身上的東西都被搜乾淨了，再也沒有別的手段可以來跟ＥＬＡ作對。

但是，拜此之賜，葛東他們順利闖過一樓，沿著樓梯直往九樓而去。

「很重啊，來幫我！」

陽曇扛著圖書館的身體爬樓梯所以有些吃不消了，連忙招呼友諒的援手。

「我、我嗎？」

「別廢話了，現在不是讓你在意這種事的時候！」

陽曇懶得顧慮他那點小心思，直接把圖書館往他身上甩去！

於是畫面變成陽曇扛著圖書館的上半身，而友諒提著圖書館的雙腿，偏偏他又是走在後面的，只要往上看，那飄飄然的裙角總是映入眼簾，雖然是無法直接看到，但卻讓他非常分心。

友諒光顧著糾結，不知不覺已經抵達九樓了，從樓梯間出來直走，就可以抵達有兩個黑西裝男子守門的那個房間……

好吧，並沒有黑西裝男子，他們大部分人都擠在一樓處，暫且被甩開了一些距離，小部分人則是跟著李局長撤到大樓外頭去，九樓這邊一個黑西裝男子也沒有留下。

「直走右邊第三個房間。」察覺到葛東等人的猶豫，圖書館的口中再次發出指示。

九樓的布局跟地下一樓小有差異，不過有圖書館的指引，他們還是找到了關著她的房間。

但是站在門口，葛東卻遲疑了，他敲了敲門卻沒有推開，隔著門問道：「我們可以進去嗎？」

「嗯，把人形終端放在門口就好，我並沒有受到拘束，可以自己行動。」

圖書館的要求讓大家都鬆了一口氣，儘管已經見到她的這一層「皮」，但是要親眼看她穿回去卻又是另外一回事。

「那我們去樓梯口那邊了，妳要快點，對方很快就會追過來……」友諒匆匆將圖書館的雙腿放下，總算擺脫了不知道要看哪裡的窘境。

樓梯口處，黑西裝男子們沒有匆忙追趕，而是分成了三個部分，一部分人救助同伴，另外一部分人逐層往上搜索，最後一部分人則直奔九樓，他們看征服世界會扛著特雷尼人的人形終端，那麼對方的目的再明顯不過了。

照理說，直奔九樓的這一部分人應該很快就能追上葛東等人，但葛東等人來到樓梯口等了一會兒之後，卻沒有見到任何一個追上來的黑西裝男子，甚至連他們的腳步聲也沒聽到。

「怎麼回事？」樓梯間安靜得不真實，葛東滿耳朵都是他們幾人的呼吸聲，忍不住將內心的疑問說了出口。

「不知道，他們沒追上來總是好的，小心一點，不要在這種時候大意。」大叔想了想，又說道：「也不能光看著這一個地方，如果上下樓層都布置警戒是最好的，但我們的人手……」

像這種大樓，並不會只有一條樓梯間，也幸虧圖書館破壞了大樓的電力，否則還要多出電梯的問題。

「我收拾好了。」

然而直到圖書館穿戴整齊出現在他們面前的時候，葛東他們都沒有受到黑西裝男子們更進一步的侵襲。

見到圖書館變回平常看習慣的模樣，葛東心裡一塊大石落下，他們總算是解決了一個問題。

不過還沒有到可以放鬆的時候，葛東問道：「妳能聯絡到艾莉恩嗎？」

「可以。」

圖書館點點頭，往前走了幾步，將她的後背暴露在眾人眼中。

現在看上去，圖書館的背一點痕跡也沒有，完全是女孩子的嬌嫩肌膚……嗯？

圖書館的身上，破開的制服下面就是一片肉色，是不是少了什麼東西？

在奇怪的地方突然敏銳起來的葛東，下意識就往友諒的方向看去，卻見他神色複雜的望著圖書館的背影，似乎沒有意識到那方面的樣子。

再一轉頭，陽曇則是一臉欲言又止的模樣，這個藏不住事情的女孩，已經把她發現了秘密寫在臉上了。

圖書館可不知道後頭那些傢伙的心理活動，她對著黑洞洞的樓梯口大聲喊道：「艾莉恩學姐！」

這一聲大喊在安靜的樓梯間引起陣陣回音，正當眾人不明所以的時候，就在他們所在的樓梯口，前方往下的第三階樓梯，一道腳步聲突兀的出現在他們面前。

這時就顯現出意識上的差距，大叔立刻擺出了戰鬥姿勢，而三個高中生男女卻只是瞪大了眼睛想看清楚是怎麼一回事。

「妳是怎麼發現我的？」從黑暗中現身的人，有著高䠷的身材與一頭如墨長髮，正是他們要找的艾莉恩。

「底下那些人沒有追上來，肯定是有誰在底下製造了意外，可能性最大的就是跟葛東學長一起來的妳了。」圖書館輕巧迴避了關於監視的答覆，一套說詞說得彷彿得知她在場是依靠推理一般。

其實也正如圖書館所說的，艾莉恩的出現是在情理之中，她在受到包圍的時候都不忘把葛東帶走，更別說是在她眼前將葛東抓回去了，艾莉恩在大樓周圍徘徊尋找救人機會的可能性非常的高。

「艾莉恩……」說來頗為不好意思，她的出現讓葛東有了安全感，正常來說應該要相反過來的吧？

「葛東！」

但是出乎意料的，艾莉恩見到他，一向冷靜的模樣驀然崩解，卻是一臉泫然欲泣，皆下來的動作更是令人驚訝，她繞開了圖書館直接撲進葛東的懷中。

「艾莉恩？」葛東僵住了，不僅僅是因為懷抱中的觸感，更是因為她所展現出來的態度。

「兩次了，葛東……你被ＥＬＡ擊倒抓住，已經兩次了，如果他們用的不是電擊槍，而是普通的槍械，那麼你已經死去兩次了，我……」從兩人緊靠著的狀態，葛東能輕易察覺到她的肩膀在顫抖。

過去，葛東一度以為艾莉恩將征服世界看得比他重要，但是他現在明白了，艾莉恩看重的是跟他一起征服世界，兩者是不能分開的，無論是只有葛東，或者只有征服世界，都是她難以接受的情況。

時間大約停滯了一秒，葛東想說些話來安慰她，或者是緩和氣氛，可惜他的腦袋沒有任何頭緒，整個人像是木頭一般杵在那裡。

「嗯咳……」大叔很體貼的觀察一會兒，發現葛東卡殼了，便咳嗽一聲開口道：「我們現在還沒脫離危機，所以……」

經過大叔的打斷，艾莉恩這才收拾起心情，從葛東懷中離開道：「我剛才伏擊了ＥＬＡ的人，他們現在暫時退回一樓去守著了，不過ＥＬＡ一直在召集人手，而且開始有比較危險的武器了。」

「武器嗎……」

葛東也試著冷靜下來，但他沒有艾莉恩那麼良好的轉換速度，無法立刻將精神集中在眼前的危機上。

「現在是趁著對方人手沒有聚齊，否則他們依靠人數優勢衝上來，我們一點機會也沒有。」大叔沉重的說出了現狀。

「我也沒辦法對抗步槍等級的武器，手槍子彈只要集中精神倒是可以承受得住，但也不能一直挨打……」

艾莉恩也是愁眉不展，她所能擬態的硬化鱗片之類也是有其極限。

「所以我們應該趁著他們還沒準備好的時候逃走吧？」友諒的臉色白慘慘的，也不知道究竟是緊張現在的處境，或是因為圖書館的事情……

「不行，不能就這樣撤退！」葛東在其他人有所表示前先開了口，說道：「現在撤退，就算能順利逃走也是會繼續被通緝，難得有這麼好的機會，我們必須把握住才行！」

「你說這是個好機會？」

眾人都一臉不明所以的望著葛東，陽曇甚至懷疑他是不是精神壓力太大，開始胡言亂語了。

「是的，我們所在的位置是ＥＬＡ大樓，而他們暫時退了出去，所有的資料都向我們開放了，還有比這更好的機會嗎？」

葛東是剛才在樓梯間等圖書館的時候想到的，跟原本的打算比起來，那些不會跑的資料比李局長好對付多了。

經他這麼一說，眾人也都覺得確實如此，於是改變了思考的方向。葛東不久之前曾經跟李局長有過談話，知道她所作所為的理由，問題是只有這段對話並不足夠，他得找到足以顛覆ＥＬＡ的證據，必須要想辦法證明，艾莉恩受到圍捕是受到了不正當的對待，如此一來才有可能翻盤。

「有辦法聯絡外頭嗎？」

葛東想了一想，覺得也要給自己找條退路，不然就算找到證據，卻被直接扼殺在大樓裡頭也沒有意義。

「電話也都斷了，應該是ＥＬＡ自己切斷的。」陽曇脾氣暴躁，卻依然比其他人要細心，在無人的辦公室中檢查了電話的線路。

被抓進來的大家都被搜去了手機，錢包倒是沒有動，可是現在鈔票並不會對他們起到任何幫助。

「我有手機。」艾莉恩是在場唯一沒有被捕捉過的人，她摸出手機啟動電源一看，發現約莫剩下百分之十幾的電力。

「妳給維娜打個電話，把我們現在的狀況告訴她，請她找一些記者過來，如果我們找到證據，曝光出去的手段就要放在他們身上了。」

葛東這些手段都是在新聞上學來的，不管有理沒理總之先找記者把事情鬧大。

※　※◆※　※

放著艾莉恩跟維娜的溝通不提，征服世界會眾人一路往頂樓疾奔，ＥＬＡ大樓總共是十四層樓，他們先前一口氣登上九樓後稍微休息了一下，因此這次奔跑上頂樓絲毫沒有壓力。

頂樓就只有局長辦公室跟秘書室，還有一間資料室一般的房間。與其他辦公室都是用木頭房門不同，資料室的門是金屬色的門板，是上了鎖的，而且是數字轉盤的五位數密碼鎖，此時所有的數字都被轉到七，乍看之下好像中了拉霸大獎似的。

透過門上細長的小窗，可以看到資料室裡放著數個資料櫃，資料櫃那經過霧面處理的玻璃後頭，隱隱約約見到文件的模樣，卻看不清楚數量。

「重要的文件都在這裡吧？」

不需要更多判斷，眾人內心都冒出這個念頭。

但眼前卻出現一道物理密碼鎖，他們沒有相應的解鎖手段，就算想用暴力破解，但看著那鎖頭鋼條的粗細，就足以讓人打消這樣的念頭。

總之資料室暫且無計可施，大家分頭在局長辦公室與秘書室中翻找，一通大翻之後，只找到一些個人私物與往來公文，卻是沒有找到分量足夠的東西……但這只是在紙面的資料。

看著秘書室與局長辦公室的電腦，葛東不由得露出苦笑，最可能有重要機密的東西就在這裡，然而此時此刻卻沒電，而這個沒電的起因還是他們自己造成的……

黑色幽默莫過如是也。

儘管一開始的停電是圖書館的手筆，但如果ＥＬＡ有心要搶修肯定不會拖得那麼久，現在的情況顯然是他們主動斷電了。

正苦惱於毫無進展間，已經失去耐性的陽曇注意力渙散開來，腦中跑馬燈似的轉過這兩天的遭遇，思維也隨之發散，不知怎的就跳開了頻道，嘟囔著說道：「ＥＬＡ大樓真大啊……」

「妳說什麼？」在這種大家一無所獲、束手無策的時候，陽曇一句模糊不清的低語自然就引起了注意。

「我說了什麼？」陽曇隨口一句感慨根本沒有經過腦子，被問之際一臉茫然，記憶中卻是一片空白。

不過這裡有艾莉恩，現在又是情況緊急的時刻，她刻意強化了自己的聽覺，將陽曇那句呢喃聽在耳中，當下便給大家複述一遍。

只是聽清楚之後，或有不以為然的，或有開始思考的。

不以為然的人是覺得，在這麼緊張的時候糾結瑣碎小事沒有意義；而思考起來的人，認為這確實是一個不合理的地方。

一個政府機關能有個兩、三層樓已經是非常繁忙龐大的部門了，而ＥＬＡ獨自占據了一整棟十多層的大樓，卻不像是有那麼多業務的樣子。

想到這裡，葛東回頭問圖書館道：「在地球的外星人多不多？」

「就我所知是很少的，全世界加起來大概也不會超過二十個。」圖書館偏頭作思考貌，又接著補充道：「但是也不排除有能夠隱瞞過我們偵察模式的外星人。」

葛東又打聽了一番圖書館母星的科技程度，據她所說，在有資格簽下星際公約的種族中，特雷尼人的科技程度也是排在前列的，雖然對於那些差距他聽得並不是很明白……

「總之就是很少吧？」葛東一臉放棄思考的模樣做出了如此結論。

圖書館呆了很長一段時間，這才點點頭同意道：「我的意思就是這樣。」

一旁的友諒覺得，他難得看懂了一次圖書館的表情……

第十二章 外星孤兒——艾莉恩的故事

葛東等人在頂樓一無所獲，但透過維娜聯絡的記者倒是來得很快，他們見大樓周圍聚集著許多黑西裝男子，人人繃著一張臉，氣氛緊張，頓時知道消息正確，這裡確實有大新聞。

興奮的記者們扛著攝影機跟麥克風就衝上前去，一部分去找黑西裝男子詢問，另一部分則是打算衝入大樓內部去。

採訪黑西裝男子的只得到閉口不答的對待，而那些要闖入大樓的記者卻被攔了下來，頓時「採訪自由」之聲大起，弄得黑西裝男子們是一片焦頭爛額。

李局長得知門前的騷動後快步趕來，立刻被記者們團團包圍。

作為一個隱密部門，她沒有面對記者的經驗，但設想中遭遇外星人所要應對的預案裡頭，也有應付記者採訪的條例。

在把記者們都聚集到一起後，ＥＬＡ臨時開起了小型記者會，記者們爭先恐後的問道：「請問你們是政府成立來處理外星人事務的部門是真的嗎？真的有外星人存在嗎？」

「我們是能源知識研究局，跟你們所說的外星人無關，至於外星人是否存在的話題，我個人也很希望有，但各位所聽到的只是謠言而已……」

明明計畫著要讓外星人引起暴亂，偏偏在事件沒有擴大化的這時候，李局長必須否定有外星人的存在。

這其中的滋味就只有她自己知道了……

李局長應付著記者，雖然在臨去之前定下了接手指揮的人選，然而作為一個副手，作為一個公務員，即使認同她的理念，骨子裡卻有著一股洗不掉的保守，於是黑西裝男子們收到了集結人手逐層推進的命令，給予了葛東他們更寬裕的時間。

透過窗戶，葛東他們發現底下的騷動，見到布置起了作用，葛東卻沒有開心的感覺，因為他們根本沒有辦法利用到這個機會，局長副手所下達的命令雖然保守，但保守也代表著破綻很少，特別是黑西裝男子都已經換上了電擊槍，對艾莉恩而言是威脅性很強的武器。

至於ＥＬＡ是怎麼察覺這個弱點的……感謝現代社會無所不在的監視器吧，只要走在城市裡就沒辦法躲開監視器，況且艾莉恩扛著葛東逃走時，根本沒有多餘的心力去避開監視器了。

因為在頂樓沒有找到想要的東西，因此艾莉恩下樓去偵察了一陣子，最後帶來對方採取保守策略，並換裝武器的消息。

「只要供應電腦的電力就足夠了嗎？」在眾人一籌莫展間，圖書館突然開口問道。

「妳有辦法？」

葛東正感到山窮水盡時，圖書館的問題宛如天降甘霖一般。

「我可以試一試，結果如何不好確定。」圖書館說著，便將電腦插頭拔下來握在手中，確認性的問道：「電壓是一百一十伏特對吧？」

「妳打算直接發電供應嗎？」

葛東作為曾經看過她手指發電的人，不由得感到幾分驚訝。

「理論上是可以的，但是我沒有試驗過。」

圖書館說著就開始放出電流，因為握著插頭的關係，所以並沒有在手指上閃出電弧，如果不是看到她按開了電腦的電源，根本察覺不出來她已經啟動了。

圖書館開了電腦之後就退開來，那個意思很明顯，她不擅長使用電腦，所以在其中尋找資料的事情就交給別人了。

作為資訊時代誕生的孩子，作為征服世界會的領袖，再加上有潛入陽曇家竊取電腦資料的經驗，葛東當仁不讓的坐上辦公椅，準備大顯身手一番。

……然而，要密碼。

這個無情的現實給葛東澆了一盆冷水，他不由得又望向圖書館。

「這個我可沒有辦法。」

圖書館在當圖書委員的時候，有使用過這種人類的機器，但也只是使用過而已，破解電腦密碼的手段什麼的完全不懂。

葛東轉頭望向其他人，可是他看到的卻是一道道退縮的眼神……

這也沒有辦法，破解密碼這種勾當不是平常會用得上的，就算要破解也得準備自己的機器，總不能在別人的電腦上使用破解密碼的軟體來破解別人的電腦，這整句話就違反了邏輯觀念。

「好吧，我試試看……」

葛東別無選擇，只好用力回憶與李局長短短會面的經過，希望能從那些對話中找到蛛絲馬跡。

人類、管制外星人、管制、ＥＬＡ……

一連串的關鍵字被當成密碼輸入，雖然也考慮過數字的組合，可是葛東卻不知道李局長相關的任何數字，生日或者身分證字號之類的一概不知道，因此也就只能試這種笨方法了。

葛東幾乎把李局長說過的每一個詞都試過了，卻依然是密碼錯誤，感到挫折的他把鍵盤一推，對友諒說道：「換手，你來試試看！」

「我嗎……」友諒雖然遲疑了一下，但卻沒有拒絕，並且坐上去之後立刻就輸入了一串數字。

輸入這一串數字之後，阻擋著他們的密碼輸入畫面隨之一變，出現了作業系統的預設桌面。

「開了！」眾人情不自禁的喊出聲來，陽雲更是不敢置信的問道：「你為什麼知道密碼？」

「我只是用電話號碼試了一下……」友諒自己也沒想到竟然一試就成功了。

「電話號碼，ＥＬＡ的？」

「我也不知道，壓在桌子底下的那個。」

友諒指向了辦公桌玻璃墊下頭，寫著ＥＬＡ各辦公室分機號碼的表格，其中自然也有ＥＬＡ總機的號碼，而他剛剛輸入的就是那麼一串數字。

或許是打著「最危險的地方就是最安全的地方」這種主意，但那種作法對聰明的敵人有用，對單純一些的傢伙就只是把弱點送到對方面前而已，很不巧的，友諒就是這種單純的人……

不管怎麼說，電腦的密碼都解開了，剩下就是搜尋資料的工作。

一臺電腦可無法給大家一起用，於是大叔起身說道：「我去看著周圍。」

經大叔一提醒，陽曇也自告奮勇的要幫忙，艾莉恩則是往更下方的樓層監視，至於其他人……圖書館在當電源，所以有空的人一下子就剩下葛東跟友諒這兩個狐朋狗友。

「既然你運氣這麼好，就你查吧。」

葛東拍了拍有些不知所措的友諒，接著就像背後靈一樣看著他動手。

局長辦公室的電腦一看之下顯得很簡略，桌面沒有那麼多亂七八糟的捷徑，接著友諒首先點開了公文系統，然而ＥＬＡ的往來公文很少，還是拜了陽晴拍到照片的功勞，最近才比較多些，將照片所引來的一系列事件除外之後，最早的一封公文居然是去年發出來的。

這些往來公文寫的都是葛東早已知道的事情，簡略對友諒說明一番，就催促他接著尋找。

友諒這才知道原來還發生過這些事，而且仔細一回想，他還被葛東利用過。

料上頭。

然而現在不是計較的時候，友諒只能暫且按下內心的感受，集中心力在尋找機密資

要說友諒操作電腦的能力跟葛東差不多，都是知其然而不知其所以然，但是遊戲玩得比較多的他比葛東好一點，至少比較認識資料夾的模樣。

人力搜索資料夾、一個個點開可疑的檔案是非常費時的一件工作，而黑西裝男子們逐層推進的速度卻不慢，若非艾莉恩又找著機會偷襲了他們兩次，恐怕黑西裝男子們早就衝上頂樓將他們抓住了。

這種停電大樓的地形環境正適合她發揮，儘管黑西裝男子的推進訓練有素、彼此照應，可是那些訓練的假想敵都是以人類作為對手，艾莉恩的行動並非只限制在平面上。

但即使如此，艾莉恩只有一個人，無法對付同時從兩條樓梯往上推進的黑西裝男子，而大叔跟陽曇就算拿著搶來的警棍，也不是全副武裝的黑西裝男子對手，只能在牆角現出身影遲緩他們腳步。

這樣的延緩只能拖延一小會兒，而且經過這幾次的試探，黑西裝男子早已發現除了艾莉恩以外的敵人威脅性很低，可是艾莉恩神出鬼沒，他們不得不謹慎對待每一次的可能性。

然後這樣的推進到頂樓時，卻遇到了困難。

通往頂樓的只有一條樓梯，然而此時卻被大量的辦公桌椅所堵塞，還用上了膠帶纏繞著桌椅腿腳，如此一來就不是那麼輕易突破，而且射擊角度也被這些東西阻擋住了。

這些阻塞樓道的桌椅是葛東跟大叔緊急搬過來的，雖然暫時阻擋住黑西裝男子的腳步，卻也把他們自己困在上頭，如果沒有情勢變化，他們無法堅持太久，不光是被圍困的問題，就算黑西裝男子們永遠無法突破那些桌椅，葛東等人也會因為沒有食物而必須投降。

水還可以從廁所取，儘管自來水沒有達到飲用標準，總比就這麼渴著要好。至於食物，就只有在秘書室抽屜裡發現的兩包餅乾以及三顆蘋果。

「現在該怎麼辦？」

陽曇眼看著眾人都被堵在頂樓進退不得，不由得露出了憂慮的表情。

「我們倒是不用擔心，被抓到之後，頂多是些入侵、損毀之類的罪名，就是艾莉恩恐怕會被帶走……」

大叔簡單分析了可能遇到的後果，ＥＬＡ的主要目的根本不在征服世界會身上，甚至按照葛東的說法，他們局長似乎有吸收他們進ＥＬＡ的意圖。

「只有艾莉恩嗎……」

一提到她，陽曇的擔憂頓時飛到了天邊去，剩下的唯有不甘心。

即使彼此間有所嫌隙，但都是一個組織的成員，所以也會替她擔心，但另一方面卻不甘心只有艾莉恩這麼受到重視……

陽曇想著艾莉恩的事情，但艾莉恩卻沒有跟他們一起被困在頂樓，而是潛伏在路障之外。

雖說黑西裝男子逐層搜索過一遍，可是艾莉恩卻有辦法避開他們的搜索，他們的人手並沒有富餘到每個辦公室放一個人的程度，因此她不算艱難的就躲過了搜查。

但黑西裝男子堅守行動條例，總是三人以上一起行動，艾莉恩沒有把握讓他們在求救之前就一口氣解決他們，因此只能繼續等待機會，同時也思考起到樓下去揪出李局長的可行性。

就在雙方都無法立刻取得決定性進展的時候，卻還有另外一批人正在忙碌著。

※　※◆※　※

行動起來的是維娜，她接到艾莉恩的電話，除了被拜託找記者去ＥＬＡ大樓以外，也從她那裡得知了事情的經過，對於艾莉恩突然說自己是外星人的爆料，也不知道是否因為身在演藝圈，各種奇怪的劇本看得很多，維娜居然沒花多少時間就接受了。

按照艾莉恩的請託找了記者過去之後，維娜並沒有就此停手，儘管艾莉恩並沒有提出來，但她可以感覺到情況很不妙，因此她繼續思考著該怎麼幫上艾莉恩的忙。

就在這個時候，維娜的手機響了，拿起來一看是個陌生的號碼，不過這一行動不動就有陌生人來電，一般她並不會拒接陌生來電，所以當下她拋開腦中亂七八糟的念頭，打算先把這通電話應付過去再說。

不料一通電話接起來說不到幾句，維娜的臉色頓時變得很精彩，因為手機那一端傳來的聲音正在說明解決這次事件的手段。

「妳是誰，怎麼知道這些的？」縱使維娜自認見過不少大風大浪，此時卻也不免感到幾分緊張。

「用不著管我是誰，只要剛才的建議能解決問題就可以了，妳覺得如何？」

手機另一端的聲音顯得很年輕，不過語調卻顯得相當沉穩，這又讓維娜難以判斷對方的年紀。

但是剛才那個提議……維娜在腦中迅速的過了一遍，只覺得是風險與機遇都很大的辦法，成功失敗就是天堂與地獄之間的差別……

可是，維娜現在別無選擇，放著不管只會讓艾莉恩被帶走，而她要面對的卻是許多無法履行的合約，到時候的處境就算不是地獄，也是地獄的入口。

「好，就按照妳說的做吧，只能祈禱大家的包容心了。」維娜也是說做就做的個性，一旦決定就立刻開始行動起來。

比起早就開始布置的ＥＬＡ，或是被動迎戰的征服世界會，維娜現在才開始準備，無疑慢上了好幾步，等她終於處理妥當，已經是天色暗下來之後的事情了。

此時的ＥＬＡ大樓底下，李局長已經對付完記者，因為記者們是維娜找去的，並非發生了什麼事情有實據去問，所以問了一陣子漸漸的也就散去，只剩下一組人馬還在堅持著做追蹤報導。

而大樓裡面，現在已經恢復了一到十樓的供電，儘管還需要防備征服世界會的突圍，卻已經能夠恢復一部分功能了，而ＦＲ—０３撞破的牆壁也用了布幔遮掩，對外說明是正在進行電路整修工程。

※　※◆※　※

維娜抵達的時候就是這樣一個現狀，不過她並不知道那些，只是想著要把艾莉恩給撈回來！

「準備好了嗎？」維娜看著路邊說不上是遊人如織，卻也人來人往的模樣，內心暗自給自己鼓著勁。

「維娜大姐，這樣做真的沒問題嗎？」被維娜拉來的兩個年輕小伙子十分不安的確認著。

「不用擔心，一切有我扛著呢，ＯＫ的話就立刻開始！」維娜立刻拿出一副自信滿滿的模樣。

「好吧，大姐妳說了算！」

其中一個年輕小伙子把心一橫，按下了啟動的開關。

在距離ＥＬＡ大樓一個街區之外，一輛停在停車格裡的中型卡車，其貨斗緩緩向上揭開，露出裡面的好幾塊拼成一片的螢幕，赫然是一輛電視牆宣傳車。路邊貨車突來的動靜吸引了路人的目光，而維娜也沒有浪費時間，立刻在電視牆上播放影片。

影片內容是艾莉恩的ＭＶ，這些曲子都是準備要收錄在艾莉恩即將要出的唱片中，也就是說都是沒有公開過的新曲，只見她穿著華麗，在舞群的襯托下又唱又跳，歌聲跟舞蹈都到了極高的水準。

艾莉恩這段日子以來頻頻出現在電視裡，她的模樣對一部分人來說已經不算陌生，此時播放的ＭＶ被當成是在宣傳，不一會兒就聚集了許多圍觀群眾。

堪堪播完兩首歌，縱使已經下定決心要豁出去一搏，維娜的心裡依然不免緊張，因為真正的豪賭就要上桌了。

隨著第二首歌的尾音落盡，接下來出現的卻是一張照片，圍觀群眾驟一看以為是電影海報，不過再一看就能發現那只是張照片而已。

之所以乍看之下像是電影海報，因為那上頭的景象不像是平常所能見到的模樣，機器人與肢體變異的少女互相攻擊，而那個少女的容貌赫然就是剛才又唱又跳的艾莉恩。

就在圍觀群眾不明所以的時候，維娜拿起了擴音器，深呼吸一口鑽出車外，對著群眾講道：「我要在這裡跟大家說明一件事，艾莉恩其實是外星人，她一個人在地球上居住了十七年之久……」

在維娜的口中，艾莉恩成為了一個墜落到地球的外星孤兒，舉目無親、無依無靠，她努力的融入人類社會，並且有了一點小小的成就。

「但是日前突然冒出了自稱是外星生命管理局的機構，要求艾莉恩進行登記，她因為從未聽過這個機構，所以拒絕了對方的要求，沒想到這個外星管理局直接動用暴力，打算將她給強制帶走！」

接下來就是稍微改動了前因後果的ＥＬＡ動武經過，反正作為隱密部門的ＥＬＡ有絕對逮捕權……就算他們實際上有好了，但這種秘密逮捕的權力不管放在哪個國家都不會被民眾認同。

圍觀群眾直到現在都還弄不清楚發生了什麼，突然就說到最近竄起的新星是外星人，又多了那麼一串受到迫害的情節，與其說是驚訝，倒不如說是迷惑居多，這究竟是真有其事還是什麼沒見過的宣傳手法？

不過，迷惑歸迷惑，卻不妨礙他們將這裡發生的事情傳到網路上。現在這個信息時代，稍微有些風吹草動立刻就能在網路上引起討論，而維娜在大街上這麼揭密式的爆料，又是關於受到矚目的新人偶像艾莉恩，一下子就引起了網路上的眾多討論。

「現在艾莉恩就被困在ＥＬＡ大樓，就在旁邊那個街區，如果不相信我所說的，或者以為這是新型態廣告的，跟我過來看一下就知道了！」

維娜說著伸手一指，畢竟就在旁邊街區，地點也是特地挑選過的，維娜所指的方向，ＥＬＡ大樓的位置清晰可見。

維娜說完轉身就走，群眾中立刻有兩個女孩大聲喊道：「我們跟妳去！」

眼看著走出去的一大兩小都是女性，加上維娜所指的大樓也還在熱鬧區域，具有危險的可能性小之又小，當場又有兩個路人也喊說要去。

領頭羊效應是很強的，況且會因為電視牆宣傳車停下腳步的，不是艾莉恩的粉絲就是好奇心比較強的人，這下子他們就忍不住跟上去。

「呼，成功了呢……」

維娜悄悄的抹了一把汗，當然她也知道，一開始跟上來的四個人全是安排好的，就是打電話給她的那個人安排的。

「哥哥真是沒用，竟然還要自己的妹妹來給他解圍！」

最早跟上去的兩個女孩之一，望著不遠處的ＥＬＡ大樓忿忿自語道。

終章

幕後黑手的落寞

「什麼？那個怪物的經紀人帶著一群人過來了？」

事情就發生在一個街區外，ＥＬＡ這邊得到消息也很快，不過再快也來不及應對，因為真的太近了，等李局長得到消息的時候，維娜所帶領的人群已經在望了。

李局長望著湧來的人群不由得有些頭疼，這一手確實是抓到他們的軟肋了，ＥＬＡ作為一個機密部門，雖然有這樣那樣的便利特許權力，但有一個問題是無法解決的。

因為是機密部門，所以並不會讓大眾知道，而大眾不知道的話，也就無法拿出相應的說服力。

像是警察、消防員、醫生等等職業，民眾知道他們的相關職務，在他們做出指示的時候就知道應該要聽從，但對ＥＬＡ卻沒有這樣的認知，而且ＥＬＡ貿然試圖去驅散人群的話，恐怕會反過來被以為是引起騷動的一方……

ＥＬＡ並非不能申請支援，但申請支援總要有個理由，原本的計畫中，這個理由是要由艾莉恩來擔任的，從ＥＬＡ多方收集到的情報，一旦葛東受到傷害，或者她本身有暴露身分的危機時，就會表露出激動與暴力的傾向，即使她跑來襲擊的是ＥＬＡ本部也沒關係，那樣更能讓ＥＬＡ掌握所有的說法。

在公園時的強制逮捕，用意就是去刺激艾莉恩，並且要放她逃離現場，只是沒料到會被她帶走葛東。

接著第二天一早他們自投羅網的找上門來，這次順利的抓住葛東，並且放跑艾莉恩，李局長相信隨著時間經過，艾莉恩會越來越暴躁，最後她的計畫將會順利完成……

然而她卻沒有得到時間，從Ｊ部的突然襲擊開始，到維娜挾帶群眾而來，這才不過是大半天的時間，情況就急轉直下到對ＥＬＡ十分不利的地步了。

就在李局長腦中轉著要顛倒因果，將艾莉恩說成主動襲擊前去登記的員工時，ＥＬＡ大樓內也發生了變故。

※　※◆※　※

「找到了！」

在電腦前老長一段時間的友諒大喊一聲站起來，臉上露出振奮的神情。

「終於找到了嗎！」

困坐在頂樓的眾人聞言都聚攏過來，望向電腦的螢幕。

螢幕上顯示著一個ＰＤＦ檔，內容是申請加強管制外星人的公文。

「就這樣？」葛東滿懷期待的湊過來，卻見到這麼一個稱不上是證據的東西。

「不止這個，還有其他的！」

友諒接著又按出一份公文，內容則是申請增加人手以及電擊槍云云。

再往下看，則是針對網路異常而做出說明，認為這是與外星人有關的事件，因此要求給予ＥＬＡ調查權之類的……

簡而言之，一系列公文看下來，隱隱約約可以勾勒出ＥＬＡ最近的所作所為，儘管他們一開始就點開過公文系統，卻只是看了標題沒有點進去，直到把資料夾都轉完一圈之後，抱著試試看的念頭點進來，沒想到卻中了大獎。

「這樣我們提出說法的時候可信度就增加了！」

友諒滿腦子都是趕緊擺脫目前的困境，他一直認為，只要對外界揭開ＥＬＡ的所作所為，他們就會受到嚴厲的處罰。

「外面發生了騷動。」

圖書館從擔任電池以來首次開口，打破了別人對她無法在供電時說話的猜測。

「外頭？」

葛東聞言來到窗邊往下看，十四層樓的高度，地面上的人都只剩下一個小點，更別說這還是俯視，人頭顯得更加的小。

不過，大樓底下聚集了三、四十人，黑西裝男子們排成一列形成人牆，雙方對峙的態勢十分明顯。

「發生了什麼事？」葛東沒有問出口，只是在內心裡自我發問。

「只要再堅持一下就能有轉機了。」圖書館彷彿聽見了他的心聲，神秘兮兮的做出預言。

葛東追問了幾句，但圖書館沒有正面的回應，又繼續沉默下去當她的電池角色。

※　※◆※　※

回到大樓底下，本來只是跟著看熱鬧的民眾們，見到黑西裝男子排成一列人牆，在維娜的擴音器指責中絲毫不為所動的時候，心裡那點懷疑倒是多增加了幾分；而這樣的情況又吸引了更多群眾圍觀，不乏有人詢問這裡發生了什麼，這時就有兩個國中女生十分熱心的說明原委。

但是她們的說明中，不知道為什麼忽略了外星人這點，而著重在艾莉恩遭到非法拘捕上……

於是人越聚越多，拜網路時代之賜，艾莉恩的遭遇也迅速在網路上流傳，ＥＬＡ大樓的位置也立刻在地圖上被標示出來。

堅持留在原處的記者興奮得發抖，他們立刻聯絡電視臺，把這裡發生的事情以現場直播的方式送上電視。

於是這下子事情就變得大條了，網路、電視以及熟人間的彼此傳訊，認識艾莉恩的人，或者是在這段時間內成為她粉絲的人，都不免驚訝於這個消息，比較衝動的更是打算直接到現場去。

人越聚越多，情緒也被維娜挑動得越來越高漲，眼看著都有衝擊人牆的可能性，李局長不得不將自己的副手推出去打官腔，機密部門自然也有掩飾用的身分，那就是她曾經對記者說過的能源知識研究局。

當然，光是打官腔是不可能讓維娜退走的，她弄出這麼一攤子事已經無法後退，一定得把艾莉恩撈出來才行。

「我們要見艾莉恩！」

「把艾莉恩放出來！」

隨著維娜經紀人的身分流傳出去，那一連串匪夷所思的事件經過也變得可信起來，同時他們面對著一整群的連色調都相同的黑西裝男子，整齊是整齊了，彼此之間強烈的組織性也顯露出來，這都更加坐實ＥＬＡ是一個具有強效組織力的部門。

ＥＬＡ局長副手滿頭大汗的敷衍著，這種不知道什麼時候到頭的任務十分令人疲勞，但是好歹有個人在與民眾對話，他們的情緒也沒有激動到非要突破黑西裝男子們的人牆。

可是當艾莉恩出現在大樓門口的時候，情況頓時不同了。

※　※◆※　※

ＥＬＡ的黑西裝男子逐層搜索一路推上去，直到頂樓才被障礙物阻擋，自然就覺得征服世界會所有人都縮在裡面，頂樓以下三層被認定為重要警戒區，在這裡的黑西裝男子還保留著戒心，但是再往下卻不由得鬆懈了許多。

而維娜帶著一群人找上門來，黑西裝男子拉出人手來排成人牆，對於底下的戒備就更加漏洞百出，艾莉恩沒有費太大的工夫就摸到了一樓，等她探聽清楚維娜的來意之後，覺得這是個很好的機會，便直接現身在眾人的面前。

艾莉恩的現身無疑是狠狠將了ＥＬＡ一軍，群眾的鼓譟聲更大了，他們與黑西裝男子之間產生了推搡，雖然黑西裝男子們靠著比較強壯的身體占了上風，但這只是一時的，隨著聚集的人越來越多，黑西裝男子遲早會頂不住壓力。

這是ＥＬＡ第二個弱點，作為一個與外星人交流的部門，黑西裝男子的人手確實是足夠的，但如果要實行本分工作以外的任務，特別是這種規模比較大的衝突，他們的人手就顯得相當不足。

儘管申請了支援，可是李局長無法放心使用這些支援，因為他們可不像現在的ＥＬＡ，或多或少都被她的理論宣傳過，簡而言之就是不跟她一條心，所以只能被派去做些外圍工作。

所以ＥＬＡ對於大樓內，特別是底下幾層被認為已經安全的樓層，看管變得非常鬆，才給了艾莉恩能以人類型態走出大門的機會。

「救救我！」

艾莉恩使出了這段日子以來學到的演技，一聲吶喊顯得十分驚慌失措，眼中更是隱隱有了淚光。

這下子群眾真的爆發了，原本還只是推擠的動作一下子變得粗暴起來，這種情況讓沒有得到還擊命令的黑西裝男子根本抵擋不住，被人群衝開了人牆，洶湧的往艾莉恩所在的位置擠去。

衝在最前面的是維娜，不管從哪個角度，她的前途已經跟艾莉恩綁在一起，因此在這人擠人的環境中，她發揮出極強的戰鬥力，硬生生搶在前頭一把抱住了艾莉恩。

ＥＬＡ局長副手對這突發狀況應變不足，下意識的尋找起局長身影來，但是一片混亂之中，哪裡能那麼輕易找到人？

「我的同學跟打工同事也被牽連了，目前被困在頂樓！」

艾莉恩即使被許多人圍著，她的聲音卻依然響亮。

群眾一旦陷入某種情緒，就不容易解脫出來，反正都已經衝擊人牆了，那麼更進一步似乎也沒什麼吧……

並非理智性的思考模式下，絕大多數人都跟著艾莉恩一起衝進ＥＬＡ大樓，只是那十四層樓的高度卻不是光靠精神力就能擺平，有運動習慣的、沒有的，彼此之間拉開距離，在樓梯間拖成了長長一條人龍。

艾莉恩走在最前面，心急的她總算記得要保持人類等級的速度，只是原本預計要有一場大戰的路程，一路上卻沒有黑西裝男子出來阻擋。

……就好像他們已經撤退了一樣。

順利的來到頂樓，對著堵塞的樓梯間喊話，確認外頭的確是艾莉恩跟維娜等人，葛東這才做出剪開膠帶的決定。

但即使破壞了纏繞桌椅的膠帶，要把堵塞的樓梯清出一條通道依然是個費時費力的大工程，要是黑西裝男子趁著這個機會攻擊過來，光靠這些只有熱情的民眾是抵擋不住他們的。

但是這個想像中的最壞情況沒有發生，直到樓道被清理出來，葛東等人跟著大家沿著樓梯下去，回到大街上，這時黑西裝男子們都沒有出現，就彷彿他們是真的撤退了似的……

是的，黑西裝男子是真的撤退了，雖然不知道為什麼，但這不妨礙維娜發出勝利宣言，艾莉恩也非常認真的向群眾道謝，並且滿足了所有來要簽名的人。

「怎麼……就這樣脫困了？」

葛東對最後急轉直下的發展相當不解，原本以為會有一場轟轟烈烈的最後大決戰，卻不想就這麼虎頭蛇尾的被救出來。

「我們的通緝令已經取消了，所以可以安心回家睡覺了的意思？」

友諒以相當不確定的語氣確認道。

「艾莉恩，妳真的是外星人嗎？」

一旁，某個來要簽名的粉絲突然冒出這麼一句。

艾莉恩正在簽名的手頓住了，她驚訝的望向那名發問的粉絲。

「是我公布出來的……」維娜摟著艾莉恩的肩膀，在她耳邊細聲說明了聚集起這些群眾的經過。

在ＥＬＡ已經介入的情況下，艾莉恩是外星人的事實已經得到確認，而且事後如果要說明她被盯上的理由，與其編織一個隨時可能出現問題的謊言，倒不如說實話來一勞永逸。

另外，維娜的豪賭則是放在外星人身分能否增加人氣這點上，究竟艾莉恩會因為是外星人而遭到排斥，或者因為這點而更增吸引力，這類群眾反應始終很難以捉摸。

將這些顧慮細聲與艾莉恩解釋了之後，在葛東眼神的鼓勵下，艾莉恩舉起右手，沒有選擇觸手這種比較令人反感的型態，而是在手上化出赤紅色的鱗片，顯現出怪獸爪子的模樣。

艾莉恩現在已經有些演出經驗，對於化妝跟道具並非完全陌生，她很明智的將爪子的形狀化成帥氣與美麗的綜合體，這有效緩和了眾人的緊張氣氛，儘管也有臉色大變退開的人，但更多的則是湊上來問東問西，一副好奇寶寶的模樣。

也多虧艾莉恩的臉常常出現在螢幕上或者海報上，就跟當時的葛東一樣，先入為主的認為她是人類之後，突然加了一個外星人的身分也還沒洗掉之前的印象。

眼看著事情向好的方向扭轉，維娜悄悄抹去心頭上一把冷汗，同時也不敢讓這種沒有預備的問答持續下去，忙攔在艾莉恩身前道：「她剛剛脫困，受到了很大的驚嚇，現在需要休息，各位想知道的事情，我們將會召開記者會來說明。」

群眾在衝上十四層樓又走下來之後，體力上的消耗也讓他們的情緒沒有那麼激動了，對於維娜的說法也比較冷靜的表示認同，於是在艾莉恩給大家簽名合影之後，人群就逐漸散去；但也有留在原地不肯離開的，不過他們只是站到一邊去盯著艾莉恩看，並且拿出手機對著她猛拍。

這種被圍觀拍照的情況，在艾莉恩稍微有些人氣之後就品嘗到了，因此她沒有過多的反應。

葛東倒是有些緊張，他擔心黑西裝男子又突然衝出來，可是他左右張望了一番，發現就連一開始當成人牆的黑西裝男子都不見蹤影。

※　※◆※　※

維娜拿出手機聯絡了一下，剛才那輛電視牆宣傳車就開來了ＥＬＡ大樓邊，直到他們上車走人，葛東都還沒有回過神來。

竟然就這麼順利的走人了？

相較於ＥＬＡ悍然出手時的氣勢洶洶，葛東覺得如此收場簡直虎頭蛇尾，嘴巴上不由自主的就說道：「為什麼ＥＬＡ沒有出來阻止我們？」

沒有人可以給葛東答案，倒是某個沒有登上車的妹妹，看著宣傳車開走，而她卻要自己想辦法回家的時候，頗有些身為幕後黑手的無奈。

「早知道就不要當幕後黑手，老老實實站出來不就好了嘛……」妹妹仰頭望著天空，竟有幾分寂寥的心情。

「茜茜……」陽晴也不知道該怎麼安慰她。剛剛艾莉恩在眾人面前變化出爪子的模樣沒有放過，被她拍了下來。

只不過，看到艾莉恩承認自己是外星人，她不知為何卻是感到有些寂寞，就好像是只有自己知道的秘密被揭開了似的……

但是不管怎麼說，她這次是貨真價實的幫上了艾莉恩跟葛東的忙，這樣稍微也彌補了一些過去對他們造成的困擾吧？

儘管當時的困擾，放到今天來就顯得雲淡風輕，因為那時的危機是艾莉恩的外星人身分有暴露的可能，而現在則是他們自行公開宣布了……

當葛東回到家裡之後，立刻面對了葛嫣的狂風暴雨，他不知道妹妹是怎麼跟葛嫣說的，也不敢隨便找藉口以免說詞對不上，只能唯唯諾諾的低頭認罵。

接下來的第二天、第三天，乃至於第五天、第十天，ＥＬＡ都沒有再次出現，然而這並沒有給予葛東安心的感覺，這就像是有什麼東西沒有完成，懸而未決的在腦袋上晃蕩著。

直到一個月後，圖書館才跟他說起了源由。

「事情總算解決了。」圖書館特地找上葛東，開門見山的這麼說道。

「什麼事情……ＥＬＡ的？」葛東很快會意過來，他已經整整擔憂了一個月之久，人都消瘦了許多。

在圖書館的講述中，葛東這才知道那天究竟發生了什麼。

※　※◆※　※

當天黑西裝男子們是真的撤退了，並不僅是暫時撤退那麼簡單，而是李局長的盤算徹底破滅的結果。

在政府那邊角力了一個月的結果，李局長去職，同時一起被開除的還有另外二十二人之多，ＥＬＡ可說是整體換血，以保證這次的事情不會再次發生。

其中最後一齣群眾搶回艾莉恩的大戲雖然重要，但卻不是關鍵。

真正給予李局長致命一擊的，是來自特雷尼人的外交抗議。

ＥＬＡ，外星生命管理局，是三級機關，往上管理他們的二級機關就是外交部，而特雷尼人的外交抗議自然是直接送到外交部去，同時ＥＬＡ對圖書館做的事情，也就此暴露出來。

強制逮捕艾莉恩，雖然相當莽撞但卻是有法規可依的，外星人要在ＥＬＡ登記是明文規定，而將葛東等人捲入……也勉強可以說是他們妨礙公務，後來將之關起來則是越權行為。

越權行為的後果可大可小，如果受害人不敢聲張，那麼事情就像沒有發生過一樣默默淡去，但要是鬧大了……

這次維娜煽動了幾十個人衝進ＥＬＡ大樓，在這個時候肯定是已經鬧大了，不過即使如此，李局長依然能夠推出一個手下來背黑鍋，那麼她就能把自己的罪行減輕到督察不周的程度，雖然也是要遭受處罰，卻還能繼續在局長這個位置待下去。

但是這跟特雷尼人的外交抗議完全不是一個等級上的問題，也不知道他們究竟怎麼收集證據的，送到外交部手上的居然還有影像檔案，他們強制圖書館脫下人形終端的畫面就這麼明明白白的記錄了一切。

所以，李局長是徹底完蛋了，她的人類門羅主義信徒也跟著一起離開，現在ＥＬＡ緊急被外交部凍結，所有的人員都要接受調查，並且外交部向特雷尼人表達了歉意。

作為一個人類，葛東對此的感覺有些複雜，不過既然是ＥＬＡ先犯了錯，那他也沒給ＥＬＡ洗白的念頭，只是又問了些細節，最後得到他們真的已經擺脫了威脅的結論。

「不過艾莉恩必須登記這點是無法改變的。」圖書館給他提醒了一句。

「只是登記而已，那實在太好了……」葛東口中應和著圖書館，腦子裡卻想到了另一件事。

那麼，他們征服世界的目標該怎麼辦才好呢？

尾聲

用歌聲來征服世界

在葛東焦慮不已的一個月中，艾莉恩並沒有閒下來，相反的她變得更加忙碌了。原本政府的機密部門曝光就能引起頗大的討論，艾莉恩的名字不但在這些討論中頻繁出現，自稱是外星人所引爆的反應更是劇烈，大量的節目邀請如雪片般飛來，將她的行程排得極為擁擠。

當然負面消息也不是沒有，一些人因為她並非人類這點而進行了猛烈的抨擊，但是在種族平等的大環境下，這種發言往往會被圍剿，這些爭執使艾莉恩名字的出現率大大增加，人氣也迅猛的暴漲起來。

多虧這個世界早就知道有外星人存在，並且建立了ＥＬＡ這樣專門管理的部門，艾莉恩並沒有遭遇到想抓她去解剖實驗的瘋狂科學家，不過她的名字跟種族也被登記在ＥＬＡ的名單中。

名字自然是艾莉恩，至於種族……因為沒有任何參照，於是在圖書館的建議下讓她自己取種族名，而她毫無創意的取了「艾莉恩族」這種名字。

望著圖書館那欲言又止的模樣，葛東也不想去追問，倒是問起友諒這段時間有沒有繼續來找她。

「自從揭開真相之後，他跑來找我長聊了一次，然後就放棄了。」圖書館回答起來乾脆俐落，一點也沒有受到影響的樣子。

「是這樣嗎……」葛東這段時間比較焦躁，但友諒也掩飾得比較好，沒有給人發覺到他的失落。

「那麼，艾莉恩在ＥＬＡ登記了，也就是說她征服世界的可能已經消失，你打算怎麼辦呢？」圖書館轉開了話題。

「征服世界的可能並沒有消失。」葛東對此卻是搖了搖頭，說道：「倒不如說，我看到了一條全新的征服世界之道。」

「全新的……征服世界之道？」若非圖書館這副身軀的臉部表情需要特地控制，恐怕就已經露出了驚訝的模樣。

「艾莉恩最近的行動給了我靈感，反正我本來也不打算使用武力來征服世界，那我們就用歌聲來征服世界吧！」葛東信心滿滿的如此宣言道。

「這可是一場很長、很長的路……」圖書館卻沒有他這麼樂觀，就算身為外星人，在地球待了這麼些年，最基本的常識還是有的。

「我已經決定了，我要跟維娜學習經紀人的知識。」葛東用一種並不激烈，但很堅定的語氣說道。

圖書館的任務是監視艾莉恩，並不想介入葛東的人生規劃，她只是默默的將這件事記錄在與艾莉恩相關的報告中，默默的存了檔案。按照葛東的做法，地球的毀滅危機應該是不復存在了，不過圖書館的任務將是繼續觀察下去，直到最終的結果出來之前，她會不斷的把觀察到的東西記錄下來。

於是，故事就到這裡完結了。

《什麼！我是征服世界的好苗子？05》完

《什麼！我是征服世界的好苗子？》全套五集完結，全國書店、網路書店、租書店，強力熱賣中！

後記

嗯……沒錯，就跟正文的最後一句一樣，故事就到這裡完結了。

雖然好像有些倉促，不過想說的故事都已經說完了，繼續下去就會變成另外一個故事，恐怕就跟書名沒有關係了，所以收在這邊是比較好的選擇……吧？

至於最後的大決戰，居然是靠外交抗議解決的，或許會給人一種隨便收尾的感覺，不過這是我認真考慮之後做出的決定，比起讓最後的 BOSS 愚蠢的將重要資料放在電腦裡被他們找到，還不如讓她因為陰謀暴露而遭到撤換，我是這麼認為的。

總之，征服世界一文就到這裡結束，很感謝能看到這邊的讀者，因為這代表你一直看到了最後。

矛盾　二〇一六年八月

Novel KILO
Illust 曦那SANA.C
TAKASAGO PROJECT
眼球戰車
幻瞳與百目鬼
當魔法師對上退魔三家，
當眼球殺手激爆出沒，
今夜的高砂北都妖影幢幢！
今晚你要幾顆眼球呢？www
高砂幻想譚第2彈!!
奇特的眼球魔法師，教你如何吸眼上身！
典藏閣
華文聯合出版平台
www.book4u.com.tw
采舍國際
www.silkbook.com
不思議工作室
立即搜尋
版權所有© Copyright 2016

輕小說
知名作家
天罪
推薦

這本書或許可以改變臺灣的輕小說!!!

如果二戰過後，臺灣依舊是日治，那會是什麼模樣？

殖民時代下最熱血的輕小說
架空歷史下的臺灣——高砂地區的反抗史詩！

本土TRPG名作《高砂幻想譚》原案，磅礡上市！

羊角　典藏閣　華文聯合出版平台 www.book4u.com.tw　采舍國際 www.silkbook.com

不思議工作室_　立即搜尋

版權所有© Copyright 2015

現代魔法師
典藏閣
超萌え萌え的魔法美少女戰鬥物語!!
現代魔法師 封印的神劍 01
現代魔法師 祖靈的怒吼 02
現代魔法師 傀儡之舞 03
現代魔法師 修羅地獄 04
現代魔法師 全球通緝令 05
06
現代魔法師 龍的千年輪迴 07
現代魔法師 終點與未來 08
★全套八冊、全國各大書店、網路書店、租書店、持續熱賣中！
美少女魔法師從天而降，其實是：
(a) 中樂透頭彩 (b) 天將降大任於斯人也
(c) 膝蓋中了一箭 (d) 媽我出運啦！ (e) 以上皆是
吐槽系作者 佐維＋知名插畫家 Riv
正港ㄟ臺灣民間魔法師故事
《現代魔法師》驚爆登場！
華文聯合出版平台 www.book4u.com.tw
采舍國際 www.silkbook.com
不思議工作室_ 立即搜尋
版權所有© Copyright 2014

THE DEPUTY OF THE
GOD OF THE EARTH
IS IN PRACTICE.
執業中
Novel
佐維 Riv
代理土地公
超好康職業徵才
職務名稱：土地公
工作內容：坐在神桌上，傾聽客戶訴求，決定筊杯方向。
公司福利：月薪＋獎金，免費供吃住，配備超炫飛天枴杖。
有沒有這麼爽!?
《現代魔法師》作者佐維×插畫家Riv聯手出擊
代理土地公新鮮上任！
典藏閣
華文聯合出版平台
www.book4u.com.tw
采舍國際
www.silkbook.com
不思議工作室
立即搜尋
版權所有© Copyright 2015

不可以用超能力談戀愛
Yes?N
Don't
Superpo
NOVEL 南門椅子
ILLUST Flyking
全套2集、全國各大書店、網路書店、租書店，持續熱賣中！
賭上戀愛遊戲之神的戰爭即將開始！
全套2集，一起來攻略超能力美少女！
典藏閣
華文聯合出版平台
www.book4u.com.tw
采舍國際
www.silkbook.com
不思議工作室_
立即搜尋
版權所有© Copyright 2015

身為一個召喚成功率100%的召喚師，他的身邊有……

惡魔女僕琳恩：親愛的主人，剛剛買的吸塵器又壞了喔！
神界聖女曦發：為了殺死惡魔女僕，這些破壞都是必要的！
仙界劍仙霧洹：我怎麼知道人間的建築這麼脆弱？
冥界黃泉擺渡人：我只不過是在東區飆船，怎麼有這麼多罰單？

來自阿宅教授林文深淵的吶喊：「你們這些異界使魔能否安分點？！」

新銳作者 鳥巢 首部創作

召喚師物語林文篇（全一冊）、亞澈篇（全三冊），現正熱賣中！

典藏閣　華文聯合出版平台 www.book4u.com.tw　采舍國際 www.silkbook.com　不思議工作室_　立即搜尋　版權所有© Copyright 2015

羊角系列 029

什麼！我是征服世界的好苗子？ 05（完）

出版者■典藏閣
作　者■矛盾　繪　者■薩那 SANA.C
總編輯■歐綾纖
製作團隊■不思議工作室

郵撥帳號■50017206 采舍國際有限公司（郵撥購買，請另付一成郵資）
台灣出版中心■新北市中和區中山路 2 段 366 巷 10 號 10 樓
電　話■(02) 2248-7896　傳　真■(02) 2248-7758
物流中心■新北市中和區中山路 2 段 366 巷 10 號 3 樓
電　話■(02) 8245-8786　傳　真■(02) 8245-8718
ISBN■978-986-271-719-6
出版日期■2016 年 10 月

全球華文國際市場總代理／采舍國際
地　址■新北市中和區中山路 2 段 366 巷 10 號 3 樓
電　話■(02) 8245-8786　傳　真■(02) 8245-8718

新絲路網路書店
地　址■新北市中和區中山路 2 段 366 巷 10 號 10 樓
網　址■www.silkbook.com
電　話■(02) 8245-9896
傳　真■(02) 8245-8819

線上總代理：全球華文聯合出版平台
主題討論區：http://www.silkbook.com/bookclub　◎新絲路讀書會
紙本書平台：http://www.silkbook.com　◎新絲路網路書店
瀏覽電子書：http://www.book4u.com.tw　◎華文電子書中心
電子書下載：http://www.book4u.com.tw　◎電子書中心（Acrobat Reader）

☞**您在什麼地方購買本書？**☜

1. 便利商店（ ________市／縣）：□7-11　□全家　□萊爾富　□其他____________

2. 網路書店：□新絲路　□博客來　□金石堂　□其他__________

3. 書店（ ________市／縣）：□金石堂　□蛙蛙書店　□安利美特animate　□其他____

姓名：__________地址：____

聯絡電話：________________　電子郵箱：________________________________

您的性別：□男　□女　　您的生日：西元__________年__________月__________日

（請務必填妥基本資料，以利贈品寄送）

您的職業：□上班族　□學生　□服務業　□軍警公教　□資訊業　□娛樂相關產業

□自由業　□其他____________

您的學歷：□高中（含高中以下）　□專科、大學　□研究所以上

☞**購買前**☜

您從何處得知本書：□逛書店　□網路廣告（網站：______________）　□親友介紹

（可複選）　□出版書訊　□銷售人員推薦　□其他____________________

本書吸引您的原因：□書名很好　□封面精美　□書腰文字　□封底文字　□欣賞作家

（可複選）　□喜歡畫家　□價格合理　□題材有趣　□廣告印象深刻

□其他____________________

☞**購買後**☜

您滿意的部份：□書名　□封面　□故事內容　□版面編排　□價格　□贈品

（可複選）　□其他

不滿意的部份：□書名　□封面　□故事內容　□版面編排　□價格　□贈品

（可複選）　□其他

您對本書以及典藏閣的建議____

____

____

✌未來您是否願意收到相關書訊？□是　□否

✎**感謝您寶貴的意見**✎

印刷品

請貼
3.5元
郵票

235 新北市中和區中山路二段366巷10號10樓

華文網出版集團 收

（典藏閣－不思議工作室）

什麼！我是征服世界的好苗子？

5 END

Novel 矛盾

Illust. 薩那SANA.C